ローズ | Rose

街の役所で働く、看板娘。竜騎士への依頼を取りまとめており、S級ギルドを追放されたシリルと仲が良い。シリルの竜騎士としての腕を高く評価している

「また依頼を受けに来たの？
本当に働き者だね」

S級ギルドを追放されたけど、実は俺だけドラゴンの言葉がわかるので、気付いたときには竜騎士の頂点を極めてました。2

I've been kicked out of an S-rank guild. But only I can communicate with dragons. Before I knew it, I became the greatest dragon knight.

コレット | Colette
自由自在に膨らむ身体が特徴的な、ムシュフシュ種のドラゴン……が少女の外見を手に入れた姿。シリルのことが大好きなのに素直になれないツンデレ竜
『女の子の姿、どう？』
『へえ、私ってこんな見た目なんだ……』
ルイーズ | Louise
バラウール種のドラゴン……が少女の見た目になった姿。一日の半分は眠っていたいという寝坊助竜だが、“ゴシュジンサマ”と呼ぶほどにシリルのことを慕っている

S級ギルドを追放されたけど、実は俺だけドラゴンの言葉がわかるので、気付いたときには竜騎士の頂点を極めてました。2

三木なずな

ファンタジア文庫

3150

口絵・本文イラスト　白狼

CONTENTS

I've been kicked out of an S-rank guild. But only I can communicate with dragons. Before I knew it, I became the greatest dragon knight. 2

20. みんなの人気者

朝、俺は自分の部屋で目覚めた。

朝日に起こされて、ベッドの上で目覚めてむくりと体を起こした。

「ふわぁ……うわっ！」

伸びをして目を擦(こす)って開けた直後、死ぬほどびっくりした。

窓の外にクリスがいたのだ。

もっと言えば、窓の外からクリスがこっちを見つめている。

中型竜の巨体ゆえに、クリスの顔が窓いっぱいになって、さながら窓枠が額縁でクリスの顔がドアップの肖像画状態だ。

そんな状態で見つめられて、死ぬほどびっくりした。

『くわーはっははは。ぐっすりと眠れたか我が心友よ』

「お、おはよう。ずっとそこにいたのかお前」

『うむ、暇だったのでなあ。心友の顔の産毛(うぶげ)を数えていた』

「なにやってんのお前⁉」

俺は裏返るほどの声でつっこんだ。

つっこんだが、クリスはまったく悪びれることなく。

『うむ、暇だったのでな』

と言い放った。

「暇だからって人の顔の産毛を数えないでくれ」

なんだかわからないが、変な気分——ちょっと嫌な気分になってしまう。

俺はベッドから飛び降りた。

『何処(どこ)へ行く』

「顔を洗ってくる」

そう言って、部屋を出て洗面所に向かった。

廊下にも窓があって、クリスが追いかけてきて廊下の窓も絵画状態にしてしまわないかと警戒したけど、そこまではしないようだ。

俺は無事、洗面所に入った。

顔をパシャパシャ洗って、起き抜けの頭をすっきりさせる。

もっとも、クリスの顔でびっくりしたせいでほとんどはっきりしちゃってるけど。

「ふぅ……」

『どうぞ』

「ありがとう——うおっ！」

さりげないタイミングで当たり前のようにタオルを受け取ったが、その後にびっくりした。

今度はエマだった。

小型竜のエマは普通に屋敷（やしき）の中、洗面所の中に入ってきて、タオルをくわえて俺に差し出してきた。

「な、何をしてるんだエマ」

『シリルさんが顔を洗ってるから、タオルが必要かなって思って持ってきたんですが』

「そりゃ必要だけど」

『よかった。はい、どうぞです』

「あ、ああ」

俺はタオルを受け取った。

くわえてたところはちょっとよだれでベトベトしてたから、残りの乾いてるところを使って顔を拭いた。

「ふぅ……ありがとう。おはよう」

『あっ、おはようございます』

顔を拭いた後、エマに改めて朝の挨拶をした。

「えっと今度から、こういうことをするときは先に言ってくれ。びっくりするから」

『わかりました』

洗面所を出て、エマと一旦わかれて、今度はキッチンに向かう。

頭がすっきりしてきたところで、その頭が腹が減ってるのを認識し出した。

現金なもので、それまでは黙っていた胃袋が、途端にグーグーとやかましく鳴り出した。

朝ご飯になるようなもの何かあったかなあ——と記憶を探りつつ、キッチンに入った。

「うわっっ！」

またまたびっくりした。

今度は思わず腰が抜けそうなくらいびっくりした。

キッチンの床に、一頭のシカが転がっていた。

見間違いとかじゃない、シカだ。

シカはどうやら死んでいるようで、首も四本の足も、骨がボキボキに折れていて、糸操り人形的な感じで全部が変な方向に曲がっている。

「なんだ？　なんなんだこれは」

驚きが徐々に収まって、原因というか元凶を探すべくあたりを見回した。

すると、物陰に隠れて、ちらちらとこっちを見てるコレットの姿を見つけた。

「どうしたコレット」

『……』

コレットは答えない。

俺は少し考えて、シカを見た。

「もしかして、これ、コレットが？」

『か、勘違いしないでよね！』

「へ？」

『別にあんたのために持ってきたんじゃないんだから！　朝の散歩してたらたまたま飲み込んじゃったから絞めただけ！』

「たまたま？　シカを飲み込んだ？」

『そうよ悪い？』

コレットはそう言いきった後、ぷい、と顔を背けてしまった。

あり得ないとはわかりつつも、ちょっと想像してみた。

たまたまシカを飲み込んでしまうような状況を。

……。

…………。

…………。

いや無理だ。

何をどうやったらたまたまシカを飲み込めてしまうんだ。

そんな光景を想像するのは人生で一番の無理難題だった。

『処分するの面倒臭いから、そっちで食べといて』

「いやちょっと――」

『たまたまだから！』

「あっはい」

コレットに気圧されてしまった。

俺がそれ以上の抗弁をしないと見たからか、コレットはキッチンから出て行った。

そうして残されたのは、ポカーンとなっている俺と、ボキボキ折られていたシカである。

「……食べるか」

コレットの不器用な優しさに感謝しつつ、シカをどうにかすることにした。

たまたま口の中に飛び込んだ光景は想像できなかったが、どうやって絞めたのかは想像できる。

ムシュフシュ種は胃袋が四つある上に、体がかなり伸び縮みする。

その伸び縮みは自分の意思でやることができるらしい。

つまり、コレットはシカを消化用じゃない方の胃袋に飲み込んだ後、思いっきり「縮んで」シカを圧殺したのだろう。

それで四本の足だけじゃなく首まで折れて、あえなく昇天したわけだ。

「……一番やな死に方だなあ」

真っ暗な密閉空間の中で圧死とか、絶対にしたくない死に方だ。

そんなことを考えながら、俺は包丁を取り出して、シカを捌くことにした。

この手の獣を捌くのは慣れている。

竜騎士をやっていると、野宿とか野獣の狩猟は必須スキルと言ってもいい。

俺はシカの喉をかっ切って、まずは血抜きをした。

血を抜いてから、腹を割いて内臓を抜き出す。

その後、皮を剝いで、部位ごとに切り分ける。

丸ごとのシカから、食べ物である「肉」にするまで小一時間はかかって、めちゃくちゃ疲れてしまった。

これまた、やってる最中は黙っていたのだが、終わった直後に腹がうるさく鳴り出した。

捌いたのはいいけど、ここから料理をするのはさすがに面倒だ。

俺は少し考えて、両手に塩を持って、シカ肉のブロックにまぶした。

そして肉を持ったまま、火を起こして火の中につっこむ。

手で持ったままつっこんだ。

火は熱くなかった。クリスとの契約で炎の能力を手に入れたからだ。

いや、厳密には「熱い」っていうのはわかるが、焼けたり苦痛になったりすることはなかった。


―――


俺が持ってる状態なのに、持たれてる方のシカ肉だけがジュージューと焼かれていった。

外が焼けたから、かぶりついた。

焼けた分だけ食べて、生の部分が残ると、持ったまま再び火の中につっこんで焼いた。

焼いて、食べて、焼いて、食べた。

それを繰り返して、腹を膨れさせた。

残ったシカ肉はとりあえず保存庫につっこんで、キッチンを出て寝室に戻ってきた。

「うわっ!」

寝室の中にルイーズがいた。

ルイーズは、頭を俺のベッドの上に乗せて、すーすー寝ていた。

人間のベッドは、小型竜でも枕くらいのサイズになってしまう。

ルイーズは、俺のベッドを枕にして寝ていた。

「おーい、ルイーズ？」

『ふみゅ……』

「起きろー、またおねむか？」

『むにゃむにゃ……ごひゅひんひゃまのにおい……らいしゅき……』

「ダメだこりゃ」

完全にお手上げ、諦めた。

無理して起こす必要もないし、寝かせておくことにした。

「あ……」

俺の枕がルイーズのよだれでベトベトになってるのに気付いたけど。

どうしようもないから、これも諦めることにした。

21. 器の大きさ

昼を少し過ぎたころ、竜舎の中。
俺は四人のドラゴンと向き合っていた。
バラウール種のルイーズ。
ムシュフシュ種のコレット。
スメイ種のエマ。
そしてフェニックス種のクリス。
小型種が三人、中型種が一人で。
最初のころは余裕のあった竜舎もすっかり手狭に感じてしまうようになった。
こりゃそのうちまた広い所に引っ越さないといけないのかもなあ、なんて思いつつ。
「えっと、それで契約の話なんだけど」
と、話を振った。
今のところ、契約はクリスとだけしている。

クリスとの契約で「お腹いっぱい」になったから、他の三人は日を改めて、ってことにしてもらった。

そして今、改めて話を切り出した。

それを聞くと、クリスが真っ先に。

『くはははは。うむ、何でも聞くが良い。この我が何でも答えてやるぞ』

『こいつ、すっごい偉そう』

クリスに反応したのはコレットだった。

コレットは嫌そうな顔でクリスを睨んでいた。

俺もそうだが、コレット達三人も、最初は「神の子」ということで畏縮してたけど、クリスと接していく内に徐々にその畏縮が解けていった。

ちなみに、ルイーズら三人は、四本足の動物にありがちな腹ばい状態での座り方をしているが、クリスだけはまるで人間のように、横に寝っ転がりながら、片手を立ててそれを枕にしている。

挙げ句の果てにはお腹を掻いている。

畏縮するのがばかばかしい、と思われてもしかたのない感じだ。

そんなクリスに、更に聞いた。

「どうやったらルイーズ達と契約できるんだ？」

『まずは「空き」次第になるな』

「空き、か。そういえば最初にそんなことを言ってたな。それは具体的にどういうことなんだ？」

『くははは、簡単なことだ。紙のメモ帳があったとしよう』

「うん？」

いきなり何を言い出すんだ？　と小首を傾（かし）げる俺。

そのまま更に続けるクリス。

『メモ帳に書き込める内容はそれのページ数次第だな？』

「そりゃそうだ」

『つまりはそういうことだ』

「なるほど」

わかったような、わからないような話だった。

俺は少し考えて、更に聞いた。

「その空きって、人によって違ったりするのか？」

『当然だ。何から何まで同じ人間は存在しない。器も然（しか）りだ』

「そうか。その空きって増やすことはできるのか？」

『くはははは、案ずるな。無論後天的に増やすことはできる。人の子は我と違って、成長することができる生き物だ』

「お前は成長しないのか？」

一瞬、契約よりもむしろそっちの方が気になった。

『ぐわーはっはははは。無論だ！　我は唯一にして不死、そして、完成された至高の存在だ。成長など我には無縁の言葉よ』

「なるほど、そういうものなのか」

『態度は少しは成長しなさいよ』

コレットがまたまたクリスにつっこんだ。

『ふむ？　態度とは？』

『その態度のことよ』

『態度を成長させた方がよいのはむしろお前の方ではないか？』

『何のことよ』

『くはははは、隠すな隠すな。我は全てお見通しだ。お前は人間で言うところのツンデレ――』

『がぶっ‼』

コレットはいきなりクリスに噛みついた。

二人のサイズ差から、ライオンに子犬が噛みついたようなものだが。

『ぐわあああああ、痛い痛い痛い‼』

それは見た目以上に効いたようで、クリスは声を上げてしまった。

コレットを振りほどこうとするが、コレットは噛みついたまま離れない。

『なにをするのだお前は！』

『へんはほほひふはははへひょ』

『ええい何を言ってるのかわからんわ！　というかいい加減我を噛むのやめい！　再生のためにお前ごと炎につっこむぞ』

「いやあ……」

仲、いいなあ。

コレットに噛みつかれてるけど、クリスは怒った様子とか、怒りそうな気配とかまったくない。

コレットは何故か、わりと本気だが、クリスはじゃれ合ってくるものという対処をしている。

無遠慮にじゃれつくコレットに比べて、ルイーズとエマはそこまで打ち解けてない様子だ。

エマに至っては性格のせいかあわあわしている。

コレットが噛みつくのをやめたタイミングを見計らって、クリスに話しかけた。

「それで、その空きっていうのは調べる方法はあるのか？」

『いたた……うむ。無論あるぞ。まずは心友の空きから調べようではないか』

「頼む。どうすればいい」

『まずはグラス一杯の水を用意するがよい』

「わかった」

俺は竜舎を出て、家の中に戻った。

キッチンからクリスの注文通りに、グラス一杯の水を汲んで、竜舎に戻ってきた。

「これでいいか？」

『十分だ。それを両手で包み込むように持つがいい』

「こうか」

そして、クリスが作り出した魔法陣の光が俺を包み込む。

『目を閉じてイメージせよ』

「目を閉じて……イメージ……」

俺は言われた通りにした。

両手でグラスを持ちながら、目をそっと閉じた。

『心友は今、空き部屋に一人だけでいる』

「空き部屋に一人……何もない空き部屋なのか？」

『うむ、広さも自由だ』

「わかった」

頷(うなず)き、更に想像をすすめる。

さっき竜舎のことを考えてたし、この竜舎よりもちょっと広めの空き部屋にしとくか。

『心友は想像の中で大きくなる』

「大きく？」

『くははは、水を吸ったスライムとでも思えばよい。部屋いっぱいに大きくなるのを想像してみろ』

「なるほど」

そういう『大きくなる』か。

俺は想像した。

自分が自分のまま、この竜舎よりも一回り広い部屋に、ぎりぎり入る程度に大きくなった光景を。

すると——。

「うわっ！」

びっくりして目を開けた。

持っていたコップから水が盛大に溢れ出した。

まるで湧き水のように、ただのコップなのに水がどんどん溢れ出した。

「な、なんだこれは」

『くははは、案ずるな。これが空きの判定法よ』

「そ、そうか」

クリスに言われて、俺はほっとして、徐々に落ち着いた。

落ち着いたのはいいが……水はまったく衰える気配とかなくて、延々と溢れ出している。

『ちょっと、それ大丈夫なんでしょうね』

コレットがまた、噛みつくような感じでクリスに聞いた。

『大丈夫とはどういう意味だ？』

『出し過ぎて疲れるとかそういうことよ』

『くははははは、それこそ無用な心配だ。我が心友にそのような無茶をさせると思うか』

『ふん、どうだか』

クリスとコレットが、もはや馴染(なじ)みつつある感じのやり取りをしているうちに、水は竜舎の中を水浸しにした。

足首まで水位があがるくらいになって、それでようやく止まった。

「えっと、これでどれくらいだ？」

『くふふふふふ、ぐわーはっはははははは』

クリスは天井を仰いで大笑いした。

出会ってからで一番、楽しそうな笑い方だ。

「どうした」

『さすがだぞ我が心友よ。それは我が見てきた中で一番の器、一番の空きだ』

「そうなのか⁉」

その結果にはさすがにびっくりした。

『うむ、これなら皇帝が後宮に集める女の数くらいはいけよう』

「たとえがちょっとあれだけど」

それは……実際嬉(うれ)しいし、助かるな。

ドラゴンと契約できる数は、多ければ多い方がいい。

『おー、すごいゴシュジンサマ』

『さすがシリルさん』

ルイーズとエマはまるで自分のことのように喜んでくれたが。

コレットだけが、何故か複雑そうな顔をしていた。

22. 睡眠回復

「コレット？　どうかしたのか？」

『な、なんでもないわよ！』

「そう？　でも様子が――」

『なんでもないったら！』

『くはははははは、それは乙女心という――』

がぶっ‼

『余計なこと言わない！』

コレットはクリスに噛みつき、睨(にら)みつけた。

『くははは、我が心友よ、今のわかるか？』

「え？　なにが？」

『変なことじゃなくて、余計なことらしい――いたたた！』

コレットの牙がクリスの肌に深く食い込んだ。

それでクリスが音を上げてギブアップして、コレットは渋々離れた。

歯形がついたが、フェニックス種のクリスはその歯形から炎を立ちのぼらせ、一瞬で治癒した。

フェニックス種はすごいなあ、とぼんやり思っていた。

そうこうしているうちに、溢れた水が竜舎の外に排出されていった。

コレットもさっきに比べて元気になってきたから、ひとまず話を変えることにした。

俺はルイーズの方を向いた。

「ルイーズ、契約をさせてくれるか？」

『もちろんだよゴシュジンサマ』

ルイーズは寝そべっていた状態から起き上がって、一歩前に進み出て、俺の前に立った。

「クリス」

『うむ』

クリスは相変わらず寝そべったままで、無造作に魔法陣を開いた。

魔法陣は俺とルイーズの間にあり、丁度俺達二人を包み込むような形になった。

俺はあらかじめ用意してきたナイフで自分の指の腹を裂いた。

ぽたり、と一雫（しずく）の鮮血が魔法陣の真ん中に垂れるが、地面に着くことなく空中で止まった。

ルイーズもがぶり、と自分の前足の指を噛んだ。

同じように、鮮血が一雫落ちた。

二滴の血が、魔法陣の上、空中で混ざり合う。

それと同時に、魔法陣からまばゆい光が放たれる。

『んぅ……』

ルイーズが、声を上げた。

「どうした、どこか具合でも悪いのか？」

『ううん、なんかちょっと変な気分なだけ』

「変な気分？」

『喉の下を十人くらいにくすぐられてるみたいな』

「それは変になるな！」

予想以上にヤバそうな状態だった。

「それ以外はなんともないか？」

『うん、だいじょうぶ。……あれ』

「どうした」

『ゴシュジンサマが普段よりも格好良く見える』

「へえ」

『神様？　くらい格好いい……』

ルイーズはそう言いながら、ぼうっと、熱に浮かされたような目で俺を見つめる。

状況的に、間違いなく魔法の効果だから、気にしないでスルーすることにした。

そうこうしているうちに光が俺の体に吸い込まれた。

「あっ」

『あっ……』

ルイーズとほぼ同じタイミングで声を上げた。

頭の中にイメージが流れ込んできた。

クリスのときとすごく似てるヤツだ。

たぶん、ルイーズの頭の中にも同じイメージが行ってるんだろうなというのがわかる。

『これが……契約なんだ』

「そういうことだな」

『そっか……』

「さて、契約の能力は……なるほど」

『どういうものだ心友よ』

「わからないのか？」

『予想はつくが、あくまで予想で絶対ではない。契約ごとに違うからな。「種」に由来する能力が与えられることもあれば、「個」でつく能力もある』

「なるほど」

『まあ、我は唯一なる存在だから、「種」であり「個」なのだがな』

「それはさすがだ」

『くはははは』

クリスは天井を仰いで豪快に笑った。

『して、どのような能力だ？』

「ああ、説明するよりもやって見せた方が早いな」

俺はそう言って、周りを見回した。

水が大分引いて、クリスが再生の炎を出したせいもあって、その周りが乾いている。

俺はそこに地べたに座って、あぐらと腕を組んで、目をそっと閉じた。

かつてないほどの寝付きの良さ——三秒で眠りについた。

……。

…………。

…………。

「……はっ」

目を覚ました。

がくっと「落ちそう」な感覚とともに目を覚ました。

周りを見ると、クリスを始めとするドラゴンの四人が一斉に俺のことを見つめていた。

『どうだったゴシュジンサマ』

「ああ、これを見ろ」

俺はそう言って、指を突き出した。

『これは……？』

ルイーズは首を傾げた。

『なるほど、傷が跡形もなく消えているな』

クリスが理解して、半分説明するような感じで言った。

『あっ……本当だ。ゴシュジンサマが契約のときに切ったところがもう治ってる』

「そういうことだ」

俺ははっきりと頷き、説明した。

「睡眠回復……とでも言うのかな。寝てるときに肉体が普通よりも遥かに速いスピードで治っていくみたいだ」

『くはははは、そういうレベルではないぞ。見たところ回復魔法レベルだ』

「回復魔法か」

それはすごいな、と思った。

寝てるだけで回復するのなら、便利だ。

即効性はないが、もともと傷を癒やすには寝るのが一番だったし、そう考えればプラスにしかならない、ありがたい能力だ。

俺はルイーズの方をまっすぐ向いて。

「ありがとうルイーズ。これ、すごいぞ」

『あはっ、よかった』

ルイーズは嬉しそうに笑った。

『それじゃ、次は私ですね』

そう言って一歩前に進み出たのはエマ。

「エマか。戦闘系の能力が身につきそうだ」

『そうでしょうか』

「楽しみだ……頼むぞ」

『はい！』

俺とエマは向き合って、クリスに出してもらった魔法陣の上で、それぞれ血を垂らした。

23. 契約完了

俺とエマの血が混ざり合って、魔法陣に吸い込まれた。
『シリルさん……』
「うん？　どうしたエマ」
『えへへ……何でもないです』
エマは俺を見つめ、はにかんだ様子で、嬉（うれ）しそうに微笑（ほほえ）んだ。
何かありそうなもんだが、本人はなんでもないと言う。
一体どういうことだろうか……俺は小首を傾（かし）げた。
そうこうしているうちに、契約が成立した。
魔法陣からの光が俺の体に吸い込まれてきた。
その瞬間、頭の中に契約の内容、能力が浮かび上がってきた。
「ふむ、なるほど」
『どんな感じ、ゴシュジンサマ』

先に契約を済ませたルイーズが聞いてきた。

「えっと……どうしようかな」

『我に向かって撃つといい』

周りを見回して、何か丁度いいのがないかと探していたら、クリスが名乗り出てくれた。

「わかるのか？　というか、いいのか」

『くはははは、我を誰だと思っている。大体の想像はつくわ。そして我は唯一にして不死、何をどれほど撃ち込まれようとびくともせんわ』

「それはそうなんだけど」

クリスに打ち込むのは気が引けるな。

『遠慮するな、心友と我の仲ではないか』

「じゃあまあ……遠慮なく」

そういう言い方をされると、遠慮するのが逆に良くないことのように思えてくる。

俺はクリスの方に向き直った。

おもむろに両手を突き出した。

俺のそばにいるエマがドキドキしているのがちらっと見えた。

エマと契約して得たスキルを使った。

九本の指から、立て続けに炎の弾が撃ち出された。

一発一発がつぶてサイズの小さな炎弾が、クリスを襲う。

『ぐわーははは、よいぞよいぞ、もっとやれい』

『うわー、ド変態』

コレットがドン引き顔でつぶやいた。

『なっ――ド変態とは何事か。炎というのはなあ、我の命の源でもあってだな――』

『わかったからド変態、もっとあいつに撃たれてなさいよ』

『ええい我の話を聞けい』

コレットとクリスが、コントじみたやり取りをしている一方で、俺は炎弾の連射をやめて自分の手を見つめた。

今のスキルは、九本の指から出ていた。

右手の親指をのぞいた九本の指から次々と炎弾を撃ち出していた。

九指炎弾――という名前のスキルだが。

「なんで九本なんだ？」

首を傾げて、親指に意識を集中。

そこから炎弾を撃ち出そうとしても撃ち出せなかった。

他の九本の指は撃てる。

その他の九本の指が撃ってる最中、右の親指に炎の輪っかができている。

その輪っかを飛ばそうとしても飛ばない。

炎弾を撃ち終わると輪っかも消える。

うーん、何だろうこれは。

『ダメなんですかシリルさん』

「ああ、なんでだろうな」

『ふむ？　ああ、右の親指か』

コントからこっちに意識が戻ってきたクリスは、俺の手を見て得心顔で頷いた。

「なんか知ってるのかクリス」

『うむ、人間の右の親指というのは権力を意味している』

「権力……」

『国王やら皇帝やらが、右の親指に指輪をつけているのを見たことはないか』

「いや、国王と皇帝とはそもそも会ったことないから」

俺は微苦笑した。

そんな経験、生まれてこのかた一度もしたことがない。

『くははは、なるほど。まあのような俗物、あってもなくても大して違いはないわ』

クリスは豪快に笑い飛ばした。

『心友は契約の主だ。その証（あかし）に権力者を象徴する右の親指には炎の指輪がついているのだろう』

「へえ、そうなんだ」

俺は自分の手を見た。

今度は何もない所に向かって、九本の指で炎弾を撃ってみた。

右の親指をのぞいた九本なら、まるで自分の手足を動かすかのような、自由自在な感覚で炎弾を撃つことができる。

それでいて、右の親指には炎の指輪がついている。

これはもう、「こういうもの」で確定ってことなんだろうな。

「うん、いい感じだ」

右の親指問題が解決したから、俺は満足した顔で小さく頷いた。

大量の炎弾をばらまけるスキル、戦闘のスキルとしちゃ、癖がなくて使いやすい。

「ありがとうな、エマ」

『お役に立てて嬉しいです‼』

エマは嬉しそうに笑った。

エマとの契約が終わって、俺はコレットの方を向いた。

「今度はコレットだな、いいか？」

『いいわよ、ほら、さっさと始めなさい』

コレットはそう言って、俺の前に立った。

俺はコレットの方に向き直った。

今までとまったく同じように、魔法陣が開いた。

俺とコレットはそれぞれ血を一滴垂らして、魔法陣の中で混ぜ合った。

それが光になって、俺の中に取り込まれた。

「……ふむ」

『どう？』

「ああ、やっぱり食べること関連だな」

『そりゃそうでしょうよ』

「えっと、食べたものが見えないエネルギーになって、体とは別の場所に蓄えられる」

『どういうこと？』

「普通は食べたら脂肪になって蓄えられるものなんだ。冬眠前のクマとかみたいにな。それがまったく別の形のエネルギーになって、いくらでも貯められていつでも使える」

『へえ』

『ほう、ということは見た目的には変わらんというわけだな』

「そうみたいだ」

『つまり、心友はこれからいくら食べても太る心配はないというわけか』

「そうなるな」

密かにこれはいいなって思った。

ものをいくら食べても太らない、というのはすごい能力だ。

「ありがとう、コレット」

『ふ、ふん。別に、あたしにデメリットないし』

コレットは顔を背けてしまった。

照れているのだろうか。

などと、思っていると。

『くはははは、よかったな心友』

「なにが？」

『その契約、少しでも間違えればこの娘のように食べる度に超太ることになっていた

――』

ガブッ!!!

疾風迅雷。

コレットが目にも留まらぬスピードでクリスに噛みついた。

『太ってない!!』

『痛い痛い痛い!』

「クリス……今のはお前が悪い」

俺は呆れた顔で指摘する。

心友だからこそ、ここは正直に指摘するべきだと思った。

一方で。

コレットに噛みつかれるクリス。

二人はやっぱり、仲が良さそうな感じだった。

24. 割のいい仕事

あくる日の午後、俺は家のリビングで、訪ねてきた男と向き合っていた。

男は三十代の後半くらいで、上級使用人の格好をしている。

どこぞの執事かそれに相当する身分かな、とあたりをつけた。

その男が、俺に深々と頭を下げてきた。

「はじめまして、わたくし、セバスチャン・ベルナールと申します」

「シリル・ラローズです」

「お目にかかれて光栄です、ラローズ様」

「……ええ」

俺は小さく頷（うなず）いた。

セバスチャンは俺に慇懃（いんぎん）な態度を取っていた。

こんな風にされるのはまだちょっと慣れてないので、反応薄めでどうにでも対応できるようにした。

セバスチャンは、懐から丁寧に一通の手紙を取り出して、俺に差し出してきた。

「こちらが、モリニエールさんからの紹介状となります」

「モリニエール……」

俺は手紙を受け取った。

俺の名前が書かれている宛名の筆跡に見覚えがあった。

ああ……カトリーヌ嬢か。

カトリーヌ・モリニエール。

リントヴルムから追放を喰らって、独立した直後に依頼で関わった相手だ。

そのカトリーヌ嬢からの紹介状らしい。

って、紹介状？

俺はびっくりした。

自分にまさか、紹介状を持って訪ねてくる人がいるとは思わなかった。

俺はセバスチャンをちらっと見て、封筒を開けて中身を取り出した。

中身もやっぱりカトリーヌ嬢直筆の手紙で、どうやら父親の商売のお得意先だ、ということらしい。

なるほどそれで紹介状を書いたんだな、と納得した。

俺は紹介状を封筒に戻しつつ、セバスチャンに視線を戻した。

「たしかにカトリーヌさんの紹介状ですね。それで、俺には何の用で？」

「お手を煩わせて恐縮なのですが、ディサイトストーンの入手をお願いしたく」

「ディサイトストーン」

俺はおうむ返しにつぶやいた。

初めて聞く名前だ。

「はい。サイズは一ココット、それを百個」

「なるほど」

「可能でしょうか」

「うーむ」

俺は少し考えた。

まずは、そのディサイトストーンっていうのが何なのかを聞いてみてから。

『くはははは、面白いではないか、受けてやるがいい』

「クリス」

「ああっ！」

窓の外にクリスの顔が見えた。

いきなり出現したクリス、俺はもう大分慣れたが、初めて見たであろうセバスチャンはのけぞるくらい驚いた。

「し、失礼。ラローズ様のドラゴンでしたか」

「ええ」

それよりも……受けてやるがいい、ってクリスは言ったか。

『うむ』

って心を読むな。

まあいい。

俺は改めてセバスチャンの方に向き直った。

「わかりました、引き受けます」

「おお！　ありがとうございます！」

☆

燦々（さんさん）と照らしつけてくる太陽の下、整備された野外の街道。

俺はクリスとコレットの二人と一緒に、目的地に向かっていた。

ちなみに具体的な目的地は知らない。

心当たりはある——って言ったクリスについて行ってる状態だ。

『なんであんたまでついてくるのよ』

『暇だったのでな』

『暇だったら家で寝てなさいよ。ルイーズがいい寝方を教えてくれるから』

『くはははは、我に睡眠など不用なのだ』

歩きながら、いつものようにじゃれ合うクリスとコレット。

二人の、仲悪そうに見えて実は仲がいいやり取りにも大分慣れてきた。

『そもそも、我がついてくるのに何か不都合でもあるのか？　例えば、二人っきりになりたいのになれない、とか』

『ば——』

一瞬言葉につまって、こっちを見た後、クリスは猛烈に反発した。

『——バカじゃないの！　そんなことあるわけないじゃん！』

『であれば問題なかろう』

『ぐぐぐ……』

大笑いするクリス、悔しそうに「ぐぬぬ」するコレット。

やっぱり仲がいいな、と俺は思った。

「それよりもクリス、ディサイトストーンのことをもっと教えてくれよ」

『そうだったな。ディサイトストーンというのは……まあ石だ』

「それはさすがにわかる」

『宝石の一種だが、普段の見た目はそこそこだ。人間が好むような宝石ではない。そのくせ入手には危険が伴う。だからこそ心友に依頼がきたのであろうな』

「……それでも、価値が生まれる場面がある」

『くはははは、さすが我が心友、察しが早い』

「いやあ……」

　そりゃ、あんな言い方をされたら察しもつくだろ。

『うむ、ディサイトストーンの真価が発揮されるのは、月明かりを浴びたときだ』

「月明かりを？」

『そう、月明かりを浴びるとまばゆく発光する。その特性から「夜竜珠」と呼ばれているな』

「へえ。竜ってつくのはなんで？」

『箔づけだな。なんでもかんでも「竜」ってつけたがる時代があった』

「おいおい」

それはそれでどうだ——って思ったけど、案外そういうものなのかもな、って妙に納得した。

「それで、ディサイトストーンはどこでとれるんだ？」

『ふふふ』

「……？」

俺は首を傾げた。

クリスが何故（なぜ）か、意味深に笑っていたからだ。

☆

山の頂上まで登ってきた俺は、言葉を失っていた。

「なんだここは」

そうつぶやき、周りを見る。

荒涼な荒地、どこまでも岩肌が露出しているような地面。

そして、山頂の中央にあたる巨大な穴から、もうもうと黒い煙が吹き出している。

火山の山頂だった。

『火山だな』

「それは見ればわかる」

『名前は確かトニービンだったか』

「へえ、そうなんだ」

……。

「いやそうじゃなくて――」

『ディサイトストーンはあの中にあるぞ』

「――へ？」

俺はきょとんとして、火山口の中を見た。

黒い煙がもうもうと立ち上っていて、真っ赤な溶岩が見えている火山口。

「あの中に？」

『うむ。ほれ、ところどころ透明なものが見えないか？』

「えっと……ああ、あれか」

目を凝らしてみると、クリスの言った通り、確かにところどころ透明っぽいのが見えた。

わかりにくかったが、一旦それが目当てのものだとわかると判別がつくようになった
――という代物だ。

「あれがディサイトストーンか」

『そういうことだ』

『ちょっとどうするのよ、あんなところにあったら取れないじゃない』

コレットがクリスに詰問した。

『普通はな』

「普通？」

『我と心友なら平気だ』

「え？」

『忘れたか心友』

「……ああ」

なるほどそういうことか。

確かに、これは普通の人間には難しそうだ。だから俺に依頼がくるというのもわかる。

俺はクリスと契約してて、特殊能力がある。

炎が一切効かないという、フェニックス種由来の能力だ。

「あれって、溶岩も大丈夫なのか」

『うむ。なんなら裸で入ってもいいぞ。温泉気分を味わえる』

「いやそれはやめとく」

俺は微苦笑して、丁寧に断った。

たとえ平気でも、溶岩の中に裸で入って温泉ごっこはしたくない。

「わかった、取ってくる」

『ちょっと、いいの？』

「クリスはこういう話で俺を騙さないから」

『……ふん』

コレットはあっさり引き下がった。

不満そうだが、引き下がってくれた。

俺は歩き出して、火山口の中に飛び込んで、溶岩の上に立った。

ヌルヌルして、変な感触だったが。

「本当に熱くないな」

『くははは、さすがだ我が心友』

「え？　なんで。溶岩の熱さは効かないって言ったのお前だろ」

『それでも迷いなく溶岩に飛び込める人間はざらにいない。さすがだ心友』

クリスにめちゃくちゃ褒められた。

そういうものなのかね。

クリスのことを知ってれば躊躇なんてする必要はないんだが。

まあ、いいか。

俺は溶岩の中を歩き出した。

目星をつけておいた透明の石——ディサイトストーンに近づき、拾い上げた。

これまた溶岩の中だったから、泥の中から何かを引っこ抜くような難しさはあったが、本来よりも遥かに簡単に取れた。

「これを百個か」

俺はつぶやく。

火山口の中を見る。百個取るのが、そんなに難しいことじゃないくらい、ディサイトストーンはあっちこっちに見える。

「これで2万リールか。向こうから紹介状を持ってやってきた依頼だからか、昔からは想像もつかないくらい割がいいな」

『そういうものだ』

クリスは普段よりも真面目なトーンで言った。

「え？」

『人間の世界はそういうものだ。力と名声をつければ、同じ労力でも稼ぎが違ってくるものだ』

「なるほど」

俺は頷き、納得した。

それは、結構ありがたい話だった。

25. 竜の涙

あくる日の夜、家のリビングの中。

俺は一人の男と向き合っていた。

互いにソファーに座って、テーブルを挟んで向き合う。

その男は、不思議な空気を纏っている。

やたらと「何か」を警戒している感じで、表情が妙に強ばってる。

なんなんだろうか……。

「あー、えっと。シリル・ラローズっていう――」

「シックス……と名乗っておく」

「名乗っておく」って……。

それにシックスとか、仮名も仮名って感じだ。

何か訳ありなんだろうか。

「そのシックスが、俺に何の用だ？」

俺はちょっと語気を強めて、居丈高にふるまった。

「シリル・ラローズ、あんたを見込んで頼みたい仕事がある」

「……どんな仕事だ？」

「ある荷物の運搬だ」

「荷物の運搬？」

俺は首を傾げた。

竜騎士に依頼される仕事は色々あるが、そんな中でも、荷物の運搬はもっとも簡単な部類だ。

あまりにも簡単すぎるので、ギルドやそれに所属する竜騎士に頼むことは少なくて、役所に依頼がくるという形が多い。

俺が前にやった、カトリーヌ嬢のラブレターの配送もそのタイプだ。

そういう仕事が、こんな訳あり感たっぷりで依頼されることがもうおかしい。

「そうだ、荷物の運搬だ。成功報酬だが、３万リールを払う」

「３万⁉」

警戒しつつある――という、ある意味心の準備ができてる状態でもびっくりしてしまった。

3万リール。

二十代の普通の男が一ヶ月で稼げる金が平均で1000リールだって言われてる。

3万というのは、その二年半分に相当する額だ。

額が大きすぎる。

まともじゃない、というのを確信した瞬間だ。

「何を運ぶんだ一体？」

「それは言えない」

「言えない？」

「あんたには、荷物を引き渡した状態のまま、目的地まで運んでもらいたい」

「中身は詮索するなってことか……」

シックスは答えなかった。

無言で俺を見つめ続けている。

つまりはそういうこと、ってことか。

俺は考えた。

危険な匂いがプンプンする——のは言うまでもないことだが、興味を持った。

あまりにも「普通じゃない」依頼に、逆に強く興味を持った。

さて、どうするか――。

『ぐわーはっはははは。我！　参・上！』

「⁉」

窓の外にクリスが現われた。

相も変わらずいきなりの登場。

俺はすっかりそれに慣れたが、初めてこれに遭遇したシックスはクリスを見て固まっていた。

「大丈夫か？」

「……」

『偉大な我を前に畏縮しているのだろう、無理もない』

「畏縮？　そうなるのか？」

『凡人ではなぁ』

クリスはそう言って、また呵々と大笑いした。

『そんなことよりも、面白い話をしているではないか』

「ああ、まあ」

面白いっちゃ面白いかな。

俺も、危険とはわかりつつも、興味を持ち始めたくらいだし。

「普通じゃない話だ」

そう言って、シックスをちらっと見た。

まだ衝撃を受けたまま、絶句している。

「面白そうなんだけど、なんなんだろうなって」

『よし、ならば我が聞き出してやろう』

「聞き出すって、どうやって？」

『くはははは、偉大なる我を相手に隠し事など不可能よ』

「えー」

そんなことないって思うけどな。

なんて、普段接しているクリスからそう思ったが。

『その目は疑っているな』

「まあ……」

『良かろう、では見せてやる』

クリスはそう言って、ぎろり、とシックスを睨(にら)んだ。

『そこの人間、我が心友に何を隠している。包み隠さず全てを話せ』

「――っ！」

　クリスに睨まれたシックスはビクッと体を震わせたかと思えば、そのままソファーからずり落ち、床にへたり込んだ。

　それだけじゃない、なんと股間に染みをつくって湯気が立ちこめている。

　失禁したみたいだ。

「おいおい、何をしたんだ？」

『少しばかりのプレッシャーを与えただけよ。我の威厳にかかれば、並みの人間は失禁、心臓が弱い者どもはそれだけで即死だ』

「えええ⁉」

『くははは、それをものともしない心友は、そろそろ自分の器の大きさを自覚しろ、という話だがな』

「いやそういう話じゃないだろ」

　話がずれすぎてる。

『それよりも心友よ、ヤツに聞いてみろ。今なら素直に答えるぞ。我が更に睨むと本当に心臓が止まりかねん。それでは本末大転倒だ』

「あー、そうだな」

俺は改めて、シックスに向き直って、聞いた。

「なあ、3万リールほどの報酬を出される荷物って、一体何なんだ？」

「りゅ、竜涙香、だ」

「りゅうるいこう？」

俺は首を傾げた。

初めて聞いた言葉だ。

『ほう、それか』

「知ってるのかクリス」

『うむ』

クリスは窓の向こうで大きく頷いた。

『その名の通り、一種の香料だ。火にかけたときに放つ香りに催眠効果があってな。なんだったかな……そうだ、好みの夢を見られるようになる、だったかな』

「好みの夢？」

『うむ。夢の中で好き放題できた経験はないか？』

「まあ、たまーには」

俺は小さく頷いた。

ごくごくたまに、夢の中で「あっこれは夢だ」って自覚するときがある。

そうやって自覚した後は、夢の展開を自由自在にコントロールすることが多い。

普通に寝ててもたまになるんだけど、二度寝したときになることの方が多い。

「それができるようになるってことか？」

『そういうことだ。人間からすれば、自由自在に、そして安全に幻覚を見られるようになる夢のようなアイテムだ。あくまで夢だから、寝過ぎて腰を痛める以外の、肉体への影響もないというしな』

「あはは……」

俺は苦笑いした。

寝過ぎて腰を痛めてしまう。

それもたまにあることだ。

寝るっていうのは体を休めることなのに、寝過ぎると逆に腰を痛めてしまうという本末転倒な現象がたまに起きる。

そのことに苦笑いした。

竜涙香のことは理解した。

夢のようなアイテムだと思った。

本当に夢を自由自在にコントロールできるのなら、使いたいって思う人間は多いだろうな。

人は誰しも、叶わないと諦めてる夢が一つや二つ——人によっては一ダースくらい存在する。

それが夢の中でとはいえ、自由自在に見られるのならこんなに素晴らしいアイテムはない。

『ただ……』

「え？」

『その竜涙香、かつて人間の王が禁制品に指定したはずだ』

「禁制品」

『つまり心友へのその依頼は禁制品の密輸ということになるな』

俺はびっくりして、パッとシックスの方を向いた。

シックスはビクッとなった。

「そうなのか」

「あ、ああ……」

クリスに怯えつつ、おずおずと頷いたシックス。

「だからなのか……いや、待てよ」

『うむ？』

「なんで禁制品になったんだ？　寝過ぎて腰を痛める以外の悪影響はないんだろ？」

『人間どもがおぼれたのだ』

「それはどういう……」

『使った人間に害はないのだ、しかし、人間どもはそれを淫夢を見るために使うのが実に多い。心友ならわかるだろう？』

「……ノーコメントだ」

俺はごまかした。

気持ちはわかるが、なんかこう、素直に認めたくない内容の話だ。

『おぼれた結果、多くの人間が現実で子作りをしなくなった』

「むっ……」

『それで一時期、生まれる子供が大幅に減ることになった』

「どれくらい減ったんだ？」

『人間は番う。番いごとに二人は産まないと人口が減っていく』

「ああ」

クリスの「前提」に俺は頷いた。

番い――つまり夫婦あたり二人で、人間一人あたり一人。

平均でそれくらいの子供を作らないと、人口は減っていく、というのはちょっと考えればわかる。

問題はそれが実際にはどれくらい減ってるのか――固唾をのんでクリスの言葉を待った。

『子供の数は半分くらいに減ったそうだ』

「えええ⁉」

そ、そんなにか？

『これでは子供が生まれなくなって国が滅びる――ということで竜涙香が禁制品になったのだ』

「そりゃあ……そうなるな」

『禁制品にしたのはもったいないとは思うがな、我は。それが必要な人間もいるのだからな』

「それが必要な人間？　どういう人間だ？」

『長年連れ添った妻を亡くした老人』

クリスは端的に言い放った。

おそらくはほんの一例なんだろう。

「……ああ」

少しだけ考えて、俺は納得した。

それは……うん、必要だ。

竜涙香の効力が本当なら、「長年連れ添った妻を亡くした老人」はだれに迷惑をかけるでもなく、夢の中で亡き妻と会うことができる。

それは……必要だ。

竜涙香が世に溢(あふ)れてしまえば権力者達は困るだろうが、必要な人間も確実にいる。

ならば……。

俺は、いまだにクリスに威圧されっぱなしのシックスの方を向いて。

「その依頼、受けた」

と言った。

『くはははは、さすが我が心友。それでこそだ』

クリスは、俺の判断に上機嫌だった。

26. 出し惜しみしない男

「……」

シックスはクリスにビビったまま、返事もできないでいた。

「クリス」

『うむ、我がいては話もできなかろう』

状況を察したクリスは窓の外から消えてくれた。

それでシックスが見るからにほっとした様子になった。

クリスが消えた瞬間にガラッと雰囲気が変わった。

そんなにか、と思った。

「大丈夫か」

「あ、ああ」

シックスは頷きつつ、俺を見た。

目に微(かす)かな尊敬の色が浮かび上がってきた。

「あんな化け物を飼ってるとは。噂(うわさ)以上だ」

飼ってる、か。

世間の認識はやっぱりそういう感じか。

まあ、この男の認識をいちいち正してやる必要もない。

「それよりも依頼は受けることにした」

「あ、ああ。そうか」

シックスは「ごほん」って咳払(せきばら)いをした。

クリスを目の当(まあ)たりにして醜態をさらしてしまったから、それで取り繕うってことだろうな。

それはそこそこ成功して、現(あら)われたときの偉そうな感じを取り戻しつつ、懐(ふところ)から一枚の紙と鉄製の札を取り出した。

それを俺に差し出してくる。

「これは？」

「まずはそこに書いてるところに行って荷物を受け取れ。その割り符を見せれば、荷物と一緒に運び先を教えてもらえるだろう」

「なるほど」

俺は紙を開いた。

かなり広域の地図だ。

ここボワルセルの街と、周りの地形、そして目的地が書かれている。

この地図の書き方からして、片道で一日って距離かな。

「それじゃあ……頼んだぞ」

「ああ」

俺は頷き、シックスを見送った。

最後の方は失態を取り繕いたいからか、来たとき以上に尊大な態度になっていた。

「大変だなあ……」

そこまでして取り繕わないといけないのかあ、と。

そう思った俺は、むしろちょっと同情するのだった。

☆

翌日、俺はドラゴン達を連れて、ボワルセルの街を出発した。

ルイーズ、コレット、エマの三人が横一列に並んで歩き、クリスは三人の後ろをついてきている。

俺はルイーズの背中に乗っている。

ドラゴンが通ることを想定している街道は、この並びでも余裕で歩けるほど広々としたものだ。

『で、まずはどこに行くの？』

歩きながら、コレットが聞いてきた。

「ああ、地図には古い砦（とりで）だ、って書かれているな。名前は……ネアルコって書いてあるな」

『ほう、ネアルコか』

「知ってるのかクリス」

『同じ名前の男を知っている。少し前……ああ、人間の尺度では遥（はる）か昔になるのか。遥か昔に八百人の兵で十万人のまっただ中に突撃して追い返した。人間にしてはなかなか骨のある男だ』

「へえ」

『砦ということであれば、その男にちなんでつけられたものかもしれんな』

「なるほどね」

俺は小さく頷いた。

『そこに行って、竜涙香っていうのを受け取ればいいの？　ゴシュジンサマ』

「そうらしい。そこで運び先を教えてもらうことになってる」

『それをあたしが運ぶのね』

「ああ、ちょっと余分に別のものも運んでもらうことになると思うけど、頼むなコレット」

『ふーん。まっ、ものを運ぶくらいなら余裕だし』

そう言って、コレットは軽くスルーした。

それが結構重要なことなんだが、まあ、そのときになってから説明するか。

☆

次の日、推測通り約一日歩いて、古びた砦が見えてきた。

遠くに川があって、それを背にするような場所に立っている古びた砦。

たぶんあれがネアルコ砦だ。

俺達は近づいていった。

四人のドラゴン——特に見た目は中型種のフェニックスであるクリスを含む隊列はおそらく遠くからもよく見えたのか、まだ大分距離があるのにもかかわらず、砦の城壁の上にいた人間が慌ただしく動き出した。

更に近づくと、砦の扉はキツく閉ざされているが、扉の上から男ががなり立てる声で聞いてきた。

「誰だお前は！」

「ここはネアルコ砦なのか」

「だったらなんだ！」

「これを見ろ」

俺は懐から割り符を取り出して、掲げた。

「それは……お前か、『ドラゴン・ファースト』とかいうふざけたギルドのヤツは」

「ああそうだ」

「ふざけたギルド」の部分にちょっと反論したかったが、無意味だからこれもスルーした。

城壁の上で、俺に聞いてきた男が奥に向かって何か合図を送った。

奥で何か動きがあって、一分くらいすると砦の扉がゆっくり開かれた。

中型種のクリスも通れるくらいの門が、左右に開かれる。

それが全開になるのを待って。

「行こうか」

俺は四人に言った。

俺が乗っているルイーズを始め、四人が一斉に歩き出して、砦の中に入った。

城門をくぐった直後、何故か包囲された。

砦の中にいたのは盗賊と見まがうような格好をした連中だ。

まともな仕事を生業としていないのは一目でわかる。

そんな奴らが、武器を構えた状態で俺達を取り囲んだ。

『シリルさん⁉』

『何こいつら、人を呼んどいて何この仕打ち』

『ゴシュジンサマ、どうする？』

三人が一斉に俺に視線を集中させてきた。

エマはいきなりのことに若干怯えてる感があって、コレットは逆にこの一瞬で軽くブチ切れている感じだ。

俺は周りを見回した。

奥からボスらしき男が悠然と歩いてくるのが見えた。

「俺に任せろ、合図があるまでは何もしなくていい」

そう言って、返事を待たずにルイーズから飛び降りた。

直後、俺達を取り囲む荒くれ者の囲いが割れた。

さっき見えていた、ボスらしき男がその間を通って、俺達の前に立った。

「お前が『ドラゴン・ファースト』とやらのギルドマスターか？」

「ああ。なんだこれは」

「これか？」

男は周り――自分の部下を見て、肩をすくめた。

「悪いが初めての依頼でな、まずはお前の力を見せてもらえるか？」

「……そっちから頼んできたのにか？」

「噂が噂ほどじゃなかった、ということもよくある」

「……そうか」

何をすればいい、と聞くまでもなかった。

男は一歩下がった、そして手を振って合図を送った。

すると、俺達を取り囲んでいる連中が一斉に襲いかかってきた。

『ゴシュジンサマ！』

「……」

俺は無言のまま、両手を左右に突き出した。

十本の指を広げた。

直後、十本——から右の親指をのぞいた残りの九本の指から炎の弾が飛び出した。

スキル【九指炎弾】。

九本の指から大量の炎の弾が「ばらまかれる」くらいの勢いで射出された。

炎の弾が男達を迎撃した。

まったく照準をつけないでとにかく撃った。

大量にばらまいたから、照準をつけなくても当たりまくった。

男達は、少ないヤツは三～四発程度、多いヤツだと十発以上喰らって、全身のあっちこっちが燃え上がって、のたうち回っていた。

襲ってきたヤツらが全員燃えて、襲ってこられるヤツがいなくなったところで、俺は炎弾の射出を止めた。

改めて、男を見た。

悲鳴が飛び交う中、男は一歩引いてたから当たらずにすんでいた。

男は眉をヒクヒクさせながら。

「……やるじゃないか」

と、負け惜しみのこもった言葉を発した。

「これで合格か」

「ああ、いいだろう。この仕事を任せられそうだ……ついてこい」

男はそう言って、身を翻して歩き出した。

大声で怒鳴って、他の部下を呼んで、消火やら救助やらをさせた。

そんな中を、俺達はついて行った。

『思い切ったものだな』

クリスがそう言ってくると、コレットが不思議がった。

『思い切った？』

『エネルギーの蓄えを一気に放出したのだろう？』

「わかるか。ああそうだ、けっこう使ったな」

俺は頷いた。

コレットとの契約で身につけた能力。

食べたものを、形のないエネルギーにして蓄えられる能力。

食えば食うほど蓄えることができて、今のところ上限はないみたいだけど、身につけてからあまり日にちが経っていないから、まだそんなに蓄えられていない。

それを、この一瞬で三割も使った。

『大丈夫なの？　ゴシュジンサマ』

「ああ、必要な場面だったからな」

『くはははは、さすがだ心友。投入すべき場面に出し惜しみしない。素晴らしい判断だ』

クリスがいつものように、大笑いしながら俺を褒めていた。

27. 検問突破

男の後について行った。

門の所で大立ち回りを演じたからか、途中、ほとんどの男が俺達を睨(にら)んでいた。

見えてるだけでも百人近くはいて、それが全員、俺を睨んでいた。

『何こいつら、自分達の方から呼んだくせにむかつく』

コレットが率直に不満を口にした。

それは俺も同意見だった。

やれって言われたからやったのに、これはさすがに腹がたつ。

もう一発なにかかましてやろうか——と思っていると。

瞬間、その場の気温が一気に下がったかのように感じられた。

直前まで暖かかったのが、一気に真冬のような、凍えるような空気があたりを包み込んだ。

そして——俺を睨んでいる男達が一斉にすくんだ。

顔が強ばったり、腰を抜かしてへたり込んだり、中には失禁するヤツもいたり。

ほとんどが何かに怯え出した。

「クリス？」

心当たりは一つしかない。

俺は振り向き、クリスを向いた。

『くはははは、なあに、ちょっと軽く睨んでやっただけよ』

「軽くって」

『ほんの茶目っ気だ。我が本気を出せばこのような雑魚どもなど、今頃心臓が麻痺してあの世へ行っておるわ』

クリスは楽しそうに言い放った。

まったく……。

「ありがとうな」

『なんの、我と心友の仲ではないか』

「そうだな。それでもありがとう」

『ぐふふははは』

クリスはいつもとちょっとだけ違って、より楽しげに笑いながら、前足のツメでちょんちょんと俺の頭を小突いてきた。

撫でてるつもりなんだろうな。

ちなみに、中型種のクリスだと、ツメ一本だけで俺の頭――というか首と同じくらいの太さだった。

「き、貴様……」

「ん？　ああ」

前を向くと、ボスっぽい男がいつの間にか立ち止まって振り向き、俺を睨んでいた。

「なんだ……今、凄まじい圧を放ったその化け物は……？」

「俺の仲間だ」

「そんな化け物を飼っているなんて聞いてないぞ」

「そうかい」

俺は素っ気なく答えた。

手の内を全部晒す必要がどこにある――とか、そういうことを言ってやっても良かったが、それさえも面倒臭かった。

「それよりも仕事の話をしてくれ、どこまでついて行けばいい」

「……ちっ」

男は忌々しげに舌打ちした。

「ここでいい」

「いいのか？」

「ふん！　おい！」

男は近くにいる、自分の部下に目配せして、あごをしゃくった。

部下が何人か、俺達が向かっていってた先、たぶん案内して連れていかれそうな方向に向かって駆け出した。

『どうして、ここで止まっちゃうんですか？』

エマが当たり前の疑問を持った。

それにクリスが答えた。

『これ以上奥へ踏み込ませたくないのだろうな』

『どうしてですか？』

『懐に誘い込むのは相当に勇気のいる行為だ。我が心友のことを完全に制御できないと判断したからそれをやめたのだろう』

『えっと……』

エマはしばらく考えて。

『わかりました！　シリルさんに怯えてるってことなんですね』

『くはははは、大正解だ』

クリスは楽しげに笑った。

『ふーん、自分から誘っといてねえ』

『あたし、前に見たことがある。自分から男を誘っといて、後から「暴行された」ってわめく女』

「おいおい……」

ルイーズがかなり辛辣なたとえをした。

確かに似てるが……いやまあ、「そのもの」か。

そうやって、ルイーズのたとえに妙に納得していると、奥からさっきの連中が戻ってきた。

連中はいくつもの箱を運んできた。

運ばれてきた箱は、ボスの男の前に並べられた。

「これがブツだ」

「そうか」

「これをマンノウォーって街にいる、ギグーって男の店に持っていけ」

「持っていけばいいのか？」

「そうだ。ただしマンノウォーには街壁があり、入り口に検問が敷かれてる。そこをどうにかしろ」

「わかった」

「金はギグーからもらえ」

「そうか」

俺は頷いた。

「後は？」

と聞いた。

仕事そのものは、「ものを指定の場所に運ぶ」っていうシンプルなものなんだけど、ものがものだから、何か注意事項はないかと聞いてみた。

聞いたんだが。

「終わったらどっかでくたばれ」

返ってきたのは子供じみた悪態だった。

☆

『何あれむかつく！』

『そうですね……ちょっと腹が立ちます』

『ゴシュジンサマが止めてなかったらかみ殺してた』

砦から発って、指定のマンノウォーに向かう道中。

コレットを始め、程度はあるものの、ルイーズもエマもかなり怒っていた。

『あんなことを言わせておいて良かったのゴシュジンサマ』

ルイーズは、自分の背中に乗っている俺に聞いてきた。

『そうですよ、シリルさんが一言言ってくれたら、私達が』

「いいんじゃないの、ああいうのは言わせとけば」

『ですが……』

『くはははは、若いなあお前達』

クリスが笑いながら、三人をたしなめるように言った。

『心友を見習え。あの程度の小物に動じない、これこそが器の大きさというものだ』

『それはわかります、でも』

『んん？』

クリスは目を見開いた。

エマが珍しく真っ向から反論した、という状況を面白がってる顔だ。

『自分は何を言われても我慢できます。でも自分が尊敬する人を侮辱されるのは我慢できません！』

『……くはははは、これは一本取られたな』

クリスは一瞬きょとんとした後、さっき以上に大笑いした。

『うむ、お前が正しい』

と、エマの言い分を認めた。

『シリルさん、やっぱり今からでも私、戻ってあの人達を――』

「まあまあ、いいからいいから。ああいうのに関わって時間を無駄にすることもないさ」

『……シリルさんがそう言うのなら』

不承不承ながらも、エマは引き下がった。

ルイーズもコレットも、言わんとしていることは同じだったからか、同じタイミングで勢いがしぼんでいった。

「それよりも竜涙香を無事に運び込むことだ、今は」

『たしか、検問がある、って言ってましたよね』

『なによ、その検問っていうのは』

コレットがエマに聞いた。

『はい、大きな街で時々あるのですが、ものと人の出入りを管理したり制限したりするために、入り口で検査することです』

「よく知っているな」

『リントヴルムにいたときに何回かそういう街に行ってましたから』

「ああ」

俺は納得した。

ルイーズとコレットに比べて大人しい性格であるエマは、普段はあまり主張しないため色々と「隠れがち」だ。

クリスが来てからはそれがますます顕著になった。

だからついつい忘れてしまいそうになるが、もともとエマはリントヴルムで働いてて、ルイーズとコレットよりも仕事の経験値が遙かに豊富だ。

戦闘向きのスメイ種ということもあって、たぶん俺が想像している以上に修羅場をくぐってきてる。

さっきも、「二人でも砦につっこんでくる」って感じの剣幕だったもんなあ……。

『あの、ですので。その検問で竜涙香が見つかると、大変なことになります』

エマはそう言って、コレットを見た。

今、件の竜涙香は全部コレットの腹の中にある。

三つの貯蔵用胃袋を持つ、ものの運搬が得意なムシュフシュ種のコレット。

『検問だと、真っ先に調べられそうね』

ルイーズがそう言った。

ムシュフシュ種の腹のことは、検問する側も経験で把握してるだろうな。

『……どうすればいいの？』

コレットは俺を見てきた。

語気は普段とそんなに変わらないが、気持ちちょっと不安なそうな感じだ。

「大丈夫だ、その辺は考えてある」

『くはははは、さすが我が心友。して、何をどうするのだ？』

「まずは……」

☆

マンノウォーの街、その入り口。

ぐるっと街を取り囲む街壁があって、それはまるで砦の城壁のようだった。

城壁っぽいのもあれば、城門っぽいのももちろんあった。

そこにそこそこの列ができてて、門番が検問をしていた。

「じゃあ、打ち合わせ通りにな」

俺は振り向き、四人に言った。

四人のうち、クリス、ルイーズ、エマはいつも通りの姿だったが、コレットだけパンパンに膨れ上がっていた。

本来の姿の実に三倍近い。

中型種のクリスと並んでても遜色ないくらいの大きさだ。

「コレットは大丈夫か」

『あたしを誰だと思ってるの？　こんくらい余裕よ』

人間だったら胸を張って大いばりしてたであろう物言いだった。

三倍くらい体積が膨らんでもまったく苦しそうな様子はない。

ムシュフシュ種のすごさを改めて思い知らされる形になった。

「じゃあ、行こう」

俺はそう言って、四人を連れて再び歩き出した。

ルイーズの背中からも降りて、自分の足で歩いて行く。

「止まれ」

城門の所に来ると、番兵に呼び止められた。

俺達は立ち止まった。

番兵が二人に向かってきた。

二人は俺とコレット――特にコレットをまじまじと見つめた。

「竜騎士だな、名前とギルド名」

「シリル・ラローズ。ギルドは『ドラゴン・ファースト』」

俺は名乗りつつ、持ち歩いてるギルド証を取り出して渡した。

番兵の一人がそれを受け取って、チェックする。

もう一人はコレットの前に来て。

「ムシュフシュ種だな？　腹の中は何が入ってる」

「大したものじゃないですよ」

「それを判断するのはこっちだ。出せ」

「ここで？」

「そうだ」

「全部？」

「当たり前だろ」

「うーん、まあ、もう街に着いたし、いっか」

俺は芝居くさくならないように気をつけながら、コレットの足をポンポンと叩いた。

すると、コレットは口を開けて吐き出した。

口から、水がドバドバと吐き出された。

まるでちょっとした滝のように、水が吐き出されていく。

一気に吐き出されたもんだから、近くにいた俺とか門番達は水に足首が浸かってしまう。

その水が広がって、周りの人間が「なんだなんだ？」と驚いてこっちを見た。

当然、近くにいた門番達の方が驚きの度合いが大きい。

「なんだこれは⁉」

「おい！　何のつもりだ」

「水ですよ、旅に水は必需品ですよ」

「だからといってこんなにいるか！」

「なにを言ってるんですか。飲み水もいるし、顔を洗う水もいるし、お茶を淹れたり麺をゆでたりする水だって」

「麺をゆでるぅ？」

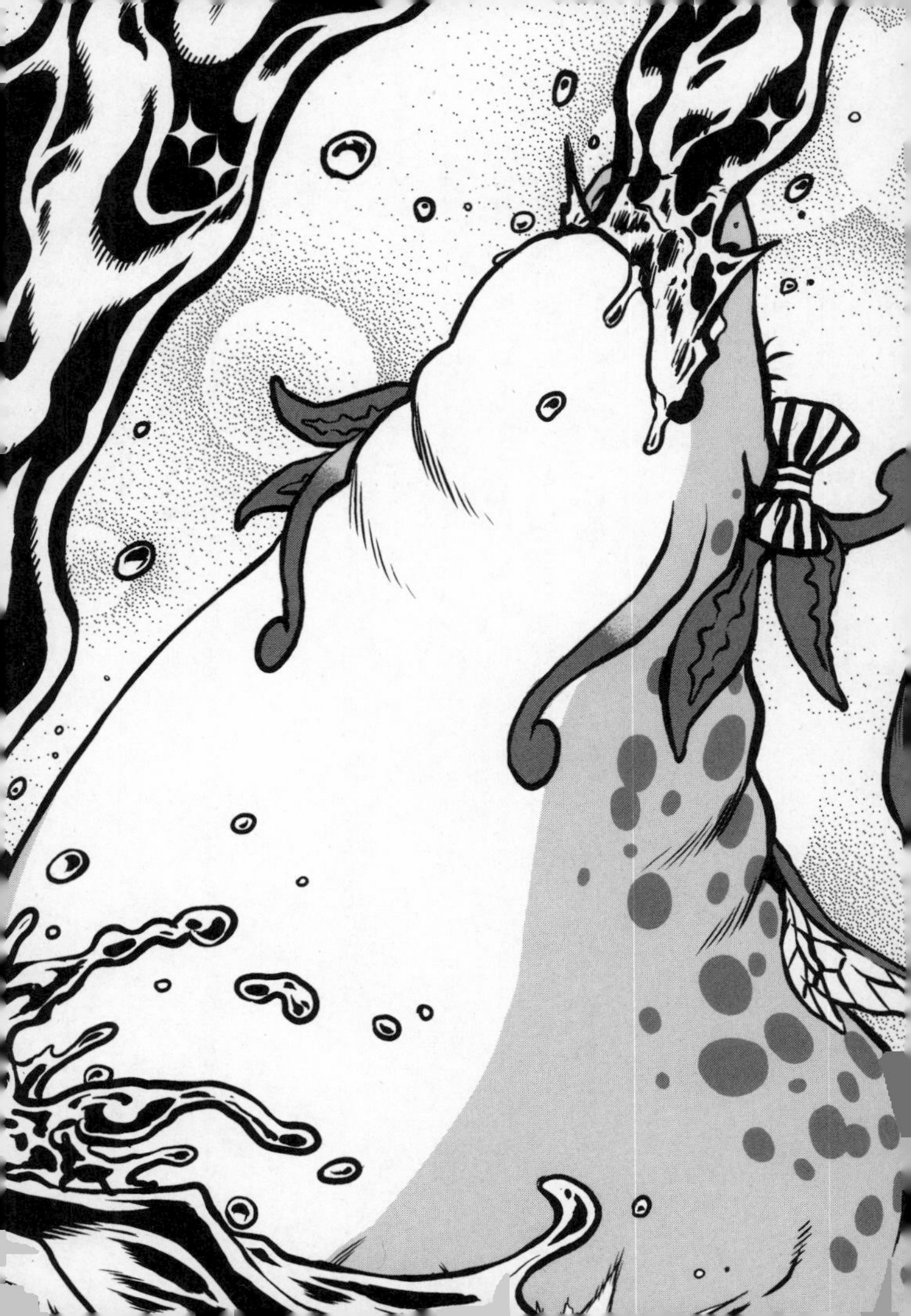

門番の一人が素っ頓狂な声を上げた。

「なんだお前は、野宿のメシに麺をゆでるってのか」

「もちろん。ゆで汁を捨てるのがこれまた面倒で。へたに流すとべたべたになって――」

「いい、もういい」

門番は俺の言葉を遮った。

そうこうしているうちに、コレットから「全部の水」が吐き出された。

それを見て、俺は。

「全部吐き出しましたけど、これでいいんですか」

門番はちらっとコレットを見た。

水を全部吐き出したコレットは、ムシュフシュ種としては普通のサイズに戻った。

腹の中にまだ「ちょっとだけ（竜涙香）」入ってるけど、さっきに比べてかなり普通のサイズになった。

「もういい、とっとと行け」

「はい。あっ、この街で水を買うときって――」

「そんなの街の中にいる商人に聞け！」

門番が苛立（いらだ）って、俺達を中に追い込んだ。

俺達は街に入った。

街に入って、入り口からしっかり離れた所で。

『シリルさんすごいです、検査のけの字もなかったです』

「何回も使える手じゃないからな、一発芸みたいなもんだ」

『それでもすごいです‼』

エマはそう言い、ルイーズもクリスも同じように、俺を褒めてるような表情をしている。

とにかくこれで、無事に竜涙香を持ったまま街に入ることができた。

28. 発想の転換

マンノウォーの街をしばらく歩き回って、ギグーという男を捜した。

歩き出してわずか数分しただけで、はっきりと実感した。

この街は、ボワルセルの街よりも遙かに賑わっている。

「賑やかな街だなあ……」

『この街を作った人って、昔は竜騎士ギルドのギルドマスターだったみたいですね』

「そうなのかエマ」

俺は驚いた。

エマを見ると、彼女は逆に俺の反応に驚いたみたいだ。

『は、はい。リントヴルムにいたとき、そこのギルドマスターが言ってました』

「あいつが……」

俺は「へえ」ってなった。

リントヴルムのギルドマスターのことは知ってる。

あの、「ドラゴンに寄り添う」という俺の考え方を全否定して、俺をギルドから追放した男だ。

今となっては恨みもないが、ちょっと面白いとは思った。

「どういうことを言ってたんだ？」

『えっと……俺もいつかは、金と力をつけてあいつのように自分の街を作ってやる。って言ってました』

「ああ」

なるほどなあ、と思った。

言われてみれば、権力欲の強い男だったっけな。

力をつけて自分の街を作りたい――なるほどあいつが考えそうなことだ。

というか、ギルドマスターだった人間がどうやって街を作ったんだろう。

その辺ちょっと興味があるな。

俺も、人間達のじゃなくて、ドラゴンのための街なら作ってみたい。

そのうち調べとくか。

『ねえ、あれ見てあれ』

今度はコレットが話しかけてきた。

「あれ？」

『あそこの店、客が立って麺とかすすってるあそこ』

「あれか」

コレットの説明と目線で、俺は少し先にある立ち食いの麺屋に目を向けた。

店というよりは屋台と呼んだ方が相応しく、客が軒先でスープ麺をすすっていた。

完食した客は、なんと器をその場で叩き割ってしまったのだ。

質素な陶器の器は、軽く地面に叩きつけただけでパリパリと割れてしまった。

『あれなんなの？』

「さあ……」

俺も首を傾げた。

客が器を叩き割った後、代金を支払って去っていった。

店主はそれをとがめることなく完全にスルーした——ばかりか、別の客もまた完食して、器を叩き割った。

「どうやらあれが普通の行動らしいな」

『なんで？』

「わからん……聞いてみるか」

俺がそう思って、屋台に近づこうとしたそのとき。

小柄な少年が、風呂敷を担いでやってきた。

その屋台の所で担いでた風呂敷を下ろして、開ける。

風呂敷の中は、さっきの客達が叩き割った器——丼が入っていた。

質素——というかかなり安っぽい作りの丼だった。

少年はそれを屋台の主に引き渡した。

屋台の主は何枚かの銅貨を少年に渡した。

「はい、２リールね」

「ありがとう」

少年は銅貨を受け取って、畳んだ風呂敷を持って、走ってどこかに去っていった。

「なるほど……」

俺は小さく頷き、周りを見た。

今見えてるだけでも四～五軒くらいの飲食店があって、そのほとんどが同じように客が使った器を叩き割っていた。

そしてちょこちょこと、身なりが質素な少年がやってきては、器を補充していく。

『どういうことなの？』

「使い捨てる習慣みたいだな、ここは」

『なんで?』

「それで仕事が増えるからだろうな」

俺はちょっとだけ感心した。

どんなものでもそうだが、使い捨てるということは、それを作る人間に安定して仕事が入るということだ。

安定して仕事が回り続けるシステムっていうのはいいことだと思った。

『それもあるのだろうが』

「ん? なんか知ってるのかクリス」

『マンノウォーといったか。この土地は百年前まで、何かがあれば疫病が流行(はや)る土地だった』

「疫病が……そうか、食器とか使い捨てればそういうのが防げると考えているのか」

『さすが我が心友、察しがいいぞ』

なるほどなあ。

俺はもう一度周りを見回した。

マンノウォー。

色々と、面白い街のようだ。

☆

しばらく歩いて、街の人に聞いてみたりして。

俺達は、ギグーの店にやってきた。

街の賑わってる区画から外れている場所で、人の行き交いが少なく、さっきまでいたあたりに比べるとどこか寂しげな感じがした。

『ゴシュジンサマ、あれ見て。あの看板の右下の所』

「ん？」

ルイーズに言われて、俺は店の看板を見た。

看板の右下に紋章があった。

その紋章は――。

「割り符の紋章か」

『だよね』

「なるほど、じゃあここで間違いないな」

俺は頷き、四人を連れて中に入った。

最初からドラゴンを連れてくるのが前提みたいで、入り口は大きく作られてて、入ってすぐの所も広かった。

中型種のクリスもぎりぎり入れるくらい広かった。

中に入ると、奥から一人の男が現われた。

「何もんだ」

柄の悪そうな男だった。

よく見たらあごの下に大きな傷跡があって、それがまだ真新しくて、ピンク色をしていた。

もっとも、竜騎士にはこういうタイプの男も結構いるから、驚きはしなかった。

しなかったが、相応の応対をした。

「シリル・ラローズだ」

「ふん、お前がか。ブツは？」

「コレット、頼む」

俺は首だけ振り向き、肩越しにコレットに言った。

コレットは頷き、腹の中から竜涙香の入った箱を次々と吐き出した。

それを積み上げて、男に見せる。

「確認してくれ」

「ふむ」

男は近づいてきて、箱を開けて中身をチェックした。

ツメで竜涙香の表面をひっかいて、匂いを嗅いだ。

匂いでわかるものなのか？

「ん……確かに受け取った」

男は頷いた後、パンパン、と手を叩いた。

すると奥から四～五人くらいの男が出てきて、竜涙香の入った箱を担いでいった。

代わりに、別の箱を置いてった。

「それが約束の報酬だ、確認しろ」

俺は箱を開けた。

中に銀貨がびっしりつまっていた。

目算だけど、まあ数万リールというのは間違いない。

「コレット」

『任せて』

コレットはその箱を飲み込んだ。

「数えなくていいのか？」

男が聞いてきた。

「いいさ。仮に足りてなくても大したことじゃない」

「はん？　なんでだ」

「次がなくなる、というだけの話だ」

「……ふん」

男は面白くなさそうに鼻を鳴らした。

☆

俺達は店の外に出た。

『すごいねゴシュジンサマ、あっさり3万リールが手に入ったよ』

「そうだな」

『くはははは、それよりも、我は心友のあの余裕が見ていて面白かったぞ』

『余裕？』

ルイーズが首を傾げた。

『うむ。人間どもの交渉はなあ、究極に言えば「やる」「やらない」の綱引きだ。力ある人間の「やらない」というのが一番強い手札なのだ』

『そうなんだ』

『それを自然体で切れる心友はさすがだぞ。あの瞬間、あの男が心友のことをはっきりと再評価したぞ』

『そうなんだ、さすがゴシュジンサマ』

確かにクリスの言う通りだけど、それを解説されるとちょっと恥ずかしい。

まあ、それはいいとして。

「……」

『ふむ？　何を考えているのだ我が心友よ』

「え？　ああ、竜涙香のことをな」

『ふむ？』

「あれを運んできただけで3万リールの報酬をくれた。ってことは、あれを扱ってるあいつらはもっとでっかい利益を出してるってことなんだろ？」

『そうだろうな』

「あれを、自分達でやれば丸儲け（まるもう）けなんじゃないか？　って思ってさ」

『くく、くわーはっはっはっは』

クリスは一度「溜めた」後、大笑いし出した。

『さすが目のつけどころがいいぞ心友よ』

やっぱりそうか。

クリスの言葉は、俺の考えを後押しするようなものだった。

29. サプライチェーン

夕方、マンノウォーの宿の中。

大きな街だったから、少し探すとドラゴンと一緒に泊まれる宿があった。

離れの一軒家で、それに簡単な竜舎がついてるタイプの宿。

ドラゴンも泊まれる専用の宿だから、宿代は500リールと結構な値段がしたが、みんなをねぎらう意味でポンと出した。

軒先と竜舎が繋がってる作りで、俺はそこで、四人と向き合った。

ルイーズはもう寝ている。

エマとコレットは香箱座りで俺の方を向いていて、クリスは人間のように、肘を立てて枕にし、横向きに寝そべってこっちを向いている。

「結論から言えば、いける」

俺はまずそう言い放った。

「あの後さりげなくいろんな人間に話を聞いてみたけど、街に持ち込みさえすれば引き取ってくれるみたいだ。竜涙香」

『禁制品なんですよね』

エマがそう聞いてきた。

「ああ。そこはやっぱり商人だから、っていうのが大きいみたいだ。一番の難関はやっぱり検問の所で、中に入ってしまえば商人達はどうとでもできるみたいだ」

『そうなんですね……なんというか……なんというかです』

エマは複雑そうな表情でそう言った。

何を言っていいのかわからなくて、語彙力が消失してる感じだ。

『あんたはそれでいいの？』

「うん、どういうことだコレット」

『そういうのに手を出して、それで金儲けをして』

「そもそもが好きな夢を見られるだけのもの、体にも害はない——」

そこで一旦言葉を切って、クリスを見る。

クリスと目が合った。

『うむ、肉体に害はない。それは我が保証しよう。寝過ぎて頭が痛くなるのまでは責任を持てぬがな』

クリスはおどけながらそう言った。

人体に害はない、というのは間違いないだろう。

「禁制品になってるのは権力者の都合だ。竜涙香が人の役に立つなら、そんな都合に馬鹿正直に付き合うこともない」

『ふーん、そう。まああんたがいいんならそれでいいけど』

「ここからが問題だけど……さすがに竜涙香の作り方までは教えてもらえなかった」

『当然ね』

『作り方がわからないんじゃダメじゃないですか』

「それなんだよな」

俺はそこで一旦言葉を切った。

困った表情をした。

予感がした。

こういう風に困っていると——。

『くはははは、案ずるな我が心友よ。竜涙香の作り方くらい我が知っている』

クリスがそんなことを言ってきた。

計画通り——というか。

何でも知ってるんだなクリスは。

そうなんだろうなと予想はついてたけど、実際にそうなってみると感心した。

「本当に知ってるのかクリス」

『くはははは、我が知らぬ知識などこの世に存在しない』

『えっらそうに』

『違うぞツンデレ、我は「偉そう」などではない、「偉い」のだ。ちなみにツンデレというのは古代言語で――』

『がぶっ‼』

コレットはクリスに噛みついた。

そういえば前にも、ツンデレっていう言葉をクリスが言った途端に噛みついてたっけ、と思い出した。

まあ、それはそうとして。

「どうやって作るんだその竜涙香は」

『うむ。まずは序論からいこうか。竜涙香というのはカモフラージュの名前だ』

「カモフラージュ？」

『その名前を聞いて、心友はどんな代物だと思った？』

「そりゃ、竜の涙から作られたものだろ？」

話の流れですでに「そうじゃない」ってわかったが、俺はクリスの質問に素直な答えを返すことにした。

『至極真っ当な連想であるな。しかしそうではない。竜涙香というのはドラゴンの涙とはまったく関係がないものなのだよ』

「へえ。……でもドラゴンとは関係があるのか？」

クリスの話に乗っかりつつ、その言葉をかみ砕きながら、理解しようと試みる。

『さすがだ我が心友よ、察しが早い』

クリスはますます、上機嫌になって話を続けた。

『その通り。ドラゴンの涙とは一切関係はないが、ドラゴン縁のものなのは間違いない』

「なるほど」

『んもう！　さっきからクドクドクドクド。もったいぶらないで一気に教えなさいよ』

『ええい、邪魔をするな。いいか、我は心友の格好いいところを引き出そうとしているのだ。ツンデレ娘だってそれが見たいだろうに』

『な、なんであたしが――』

よくわからないが、コレットは言葉をつまらせて、クリスに言い負かされてしまったような感じになった。

それが何でなのかよくわからないが。

「まあまあ、それよりもクリス、そろそろ話を先に進めてくれ」

『うむ、心友がそう言うのなら仕方がない。では心友よ、ガリアンという果物を調達してくるといい。三人分だ』

「ガリアン？」

『さっき街中の青果店で見かけた。名前を出せばわかるだろう』

「わかった、ちょっと行ってくる」

俺は立ち上がって、宿から出た。

青果店なら俺の記憶にもある、そういう店を通り掛かった記憶が。

さすがに、どんな果物が並んでるかまでは覚えてないが。

五分くらいかけて、記憶を頼りに青果店にやってきた。

夕方の青果店は、並んでる果物もまばらだった。

よほど繁盛(はんじょう)してるのか、あまり残ってない。

「へいらっしゃい、何をお探しで」

「ガリアン、っていうのはあるか？」

「ガリアンね、それならこれだよ」

青果店のオヤジは、果物をざるごと手に取って、俺に見せてくれた。

それは黒くて不思議な形をしたものだった。

サイズは親指くらいで、なんというか――そう、牛の曲がりくねったタイプの角が、二つ合わさっているようなものだ。

手に取ってみると、角に見えるそれはものすごく硬くて、先端がやっぱり角みたいに尖(とが)ってるだけあって、油断すれば刺さりそうな感じがした。

クリスは三人分って言ったが。

「これを全部くれ」

「はいまいどあり」

青果店のオヤジはザルいっぱいのガリアンを袋に入れて、俺に渡した。

俺は代金を支払って、それを持って宿に戻ってきた。

「……何してんの？」

戻ってきた俺の目に飛び込んできたのは、クリスの舌に噛みついているコレットと、それを宥(なだ)めようとしているエマ、そんな光景だった。

一体何がどうしたらこんなことになるんだ？

『ほむ、ははははっららひんひゅう』

「いや何を言ってるのかわからない」

想像はつくけど。

「何が起きたのかわからないけど、やめてやれコレット」

『ふんだ』

コレットは軽く拗ねた感じを見せつつ、噛みつくのをやめた。

俺は袋から買ってきたものを取り出して、クリスに見せた。

「これがガリアンでいいのか？」

『うむ。別名牛の角という果物だ』

「見たまんまだな」

『人間はその殻を割って中身を取り出して食すらしいが、まあ、それはこの際どうでもよかろう』

「だな」

ガリアンの食べ方はどうでもよかった。

今はガリアンと竜涙香の話だ。

『ツンデレにエマ、それを丸呑み――』

『がぶっ‼』

『――するがいい』

電光石火。

コレットが見逃すくらいのめっちゃ速いスピードでクリスに噛みついた。

クリスはまったく動じずに説明を続けた。

『飲み込んだら胃袋の中に貯めておくといい。ああ、ツンデレは消化する第一胃袋に入れておけ』

『えっと、貯めておくのですか？』

エマがちょこんと小首を傾げる感じで聞き返した。

『その通りだ』

「クリスはやらないのか？」

『我には無理だ。我は完成された不死なる唯一の存在。食事で生命を維持する必要がない、故に食事をする機能が肉体にはない』

『ふん、使えないヤツ』

『くははは』

クリスは楽しげに笑った。

　コレットの悪態さえも楽しんでいる様子だ。

「それで、飲み込んだ後はどうするんだ？」

『このまま待つ』

「どれくらい？」

『一ヶ月ってところだな』

「一ヶ月⁉」

　これにはさすがにびっくりした。

「そんなに待つのか？」

『うむ、一ヶ月経った後、普通なら便として排出されるものを――』

『ちょっと待って。今なんて言ったの』

『うむ？　便として排出されると言ったのだが』

『何よそれ！　聞いてないわよ』

　コレットが猛抗議した。

　猛抗議したくなる気持ち、まあわかる。

　いきなり便――ウ〇コとか言われたら抗議の一つもしたくなる。

『くははは、当然だ、今話していることだからな』

『なんでウ〇コなのよ。というか、それを――』

コレットはちらっとこっちを見た。

うん、そりゃそうだ。

俺にウ〇コとか、たぶんそれを触られる的な話に繋がるはずだ。

そりゃ、嫌だな。

『話を最後まで聞け。普通のドラゴンならば便として出されるところだが、お前達は我と、そして心友のおかげで細かい指示ができる。そのときが来たら我が教えるから口から吐き出すといい』

『あっ、それでいいんだ……』

コレットはほっとした。

それはそれでどうなのかって思わないこともない。

まあそこはムシュフシュ種だから、口からものを出すのは今までもさんざん見てたし、今さらなのかもな。

「体の中に一ヶ月置いておけば竜涙香になるのか？」

『うむ。このトゲがな、胃に刺さるらしい』

「そりゃ刺さるだろうな」

俺はガリアンを一つ取って、なで回してみた。

　硬いし、牛の角っぽい先端はめちゃくちゃ尖ってるし。

　胃袋の中にあったらそりゃ刺さる。

『その異物に体が反応する。トゲが刺さらないように胃袋の中で生成された分泌物がガリアンを包み込んでいく』

「ああ、真珠のようなものか」

『さすが我が心友、察しが素早くていい』

　クリスは満足げに笑った。

『その分泌物がコーティングしていく過程でついでに熟成され、変質して固まったものが竜涙香だ』

「なるほどなあ。でも、こんなに簡単なものなのか？」

『くはははは、うかつだぞ心友よ』

「え？　なにが？」

『心友にはそりゃ簡単であろうが、他の竜騎士からすればどうだ？　言葉が通じないのに、「一ヶ月吐き出さないで胃袋の中に入れたままに」どうやってさせる』

「あっ……」

そりゃ……そうだ。

普通の竜騎士は言葉じゃなくて命令、いわゆる「コマンド」的な命令でドラゴンを使役する。

そういうのだと、確かに「一ヶ月吐き出すな」というのは難しい。

「なるほどな……悪いなコレット、エマ」

『なにがですか』

「それ、一ヶ月間も飲み込んだままで。胃に悪いだろうが――」

『大丈夫ですシリルさん、これくらいへっちゃらですから』

「そうか」

『というかあたしを誰だと思ってるの？　ムシュフシュのコレットよ。胃袋の中を操作するなんて超楽勝よ』

「そうか。すごいなお前は」

『ふ、ふん。あたりまえじゃんそんなの』

二人を褒めつつ、俺は少し考えた。

『どうした心友よ』

「この竜涙香の作り方、結構知られてそうだよな」

『そうだろうな』

「竜騎士の俺が、何回も何回もガリアンを手にしてたら疑われそうだな」

『であろうな』

「だったらガリアンも自分で、それもこっそり作れるようにした方がいいな」

『くははははは、いいぞ、素晴らしいぞ心友よ』

「え？　なにが？」

『原料の製造、加工、販売――それを一手に管理しようとする発想。心友には大商人の素質がある』

「そういうものなのか？」

よくわからないけど、必要なものを次々とナントカしようと思っていたら、クリスにめちゃくちゃ評価されてしまった。

30．有名人シリル

「なんでそれが大商人の素質につながるんだ？」

純粋な興味から、クリスに聞き返した。

竜騎士の素質、というのを聞かれたら一瞬で五つくらいは答えられるけど、商人の素質なんてのは全くの専門外だ。

それで興味を持って、聞くことにした。

『くはははは、よいぞ心友。その好奇心は更に得がたい資質だ』

クリスはますます上機嫌になって、答えた。

『理由は大きく二つある。まず、原料、加工、販売、全ての段階に於いて「稼ぐ」人間がいるのはわかるな』

「そりゃそうだ……あっ、そうか、全部自分でやると、都度都度発生する儲けも自分のものにできるのか」

『その通り』

「……それだけじゃないな」

俺はあごを摘まんで、想像し、考えた。

「どこかの段階で値段のつり上げを喰らって、高い仕入れを強いられることもない」

『くはははは、ぐわーはっはっはっは』

クリスはいよいよ機嫌が限界を突破して、天井を仰いで笑い出した。

家屋が震え、床が微かに揺れた。

『ちょっと、馬鹿笑いやめなさいよ』

『くははは、すまんすまん』

クリスは素直にコレットの抗議に謝ってから、俺を見た。

『一を聞いて十を知る、素晴らしいぞ心友よ』

「はあ」

『二つ目の理由はまさにそれだ。もっと言えば、他から仕入れて、儲けを分配するのは上手くいってるときはいいが、何かがあれば他人に命脈を握られてしまうことにもなりかねん』

「それは怖いな」

酒場が酒の仕入れを止められるみたいなもんか。

怖いを通り越して致命的だ。

『うむ。だからその流れを一手に握ろうとする発想がよいぞ』

「そうか」

俺は少し考えた。

『でもシリルさん』

黙って話を聞いていたエマが口を開いた。

『たまにガリアンを買うのは大丈夫ですけど、竜騎士が自分でガリアンを作るのを見られたらよくないんじゃないですか』

「間違いなくよくないな」

俺は頷き、エマを撫でた。

『シリルさん？』

「いいところに気付かせてくれた、ありがとう」

『は、はい』

そうだな、ガリアンをおおっぴらに作るのはよくないな。

それを隠すやり方が必要だ。

……ならば。

☆

次の日、俺は一人でマンノウォーの竜市場に向かった。

街の人に場所を聞いて、すんなりたどり着いた。

ギグーの商会ほど寂れた場所にはないが、それでも繁華街に比べてかなり落ち着いた区画にある。

ドラゴンを置いておく都合上、どうしても店の面積は広くなり、周りに他の建物が少なくなる。

それで訪ねてくる人間も減る——から、落ち着く感じになるのは当然の流れだな。

ぱっと見、店は四軒あった。

店の建物とか雰囲気とか、そういうのを見て、ぱっと見いい感じっぽかったのに入った。

「いらっしゃいませ、どのような竜をお探しでしょうか」

出迎えた中年の男は、下っ腹は出ているが、物腰が柔らかくいい感じの男だった。

「ガルグイユ種の子を探してるんだけど、いるかな」

「もちろんございますとも。ささ、こちらへどうぞ」

男はそう言って、俺を店の奥に案内した。

奥のドアを開くと、そこは開けた庭だった。
マンノウォーの店も、ボワルセルの店と作りはほとんど同じだ。
「こちらでございます」
男は俺をとあるケージの前に案内した。
ケージの中に俺と同じくらいのサイズのドラゴンが寝そべっていた。
小型種の中でも更に小型で、人間と大差ないサイズだ。
男はかかっている錠前を外してケージを開けた。
「ではゆっくりご確認ください」
そう言って、身を翻（ひるがえ）して十数メートル離れた先に立った。
俺はドラゴン――ガルグイユ種の子と向き合った。
「こんにちは。俺の名前はシリル・ラローズ」
『……』
返事はなかった。
ガルグイユ種の子は少し顔を上げただけで、すぐにまた寝そべった状態に戻った。
まあ、ここまでは当たり前の反応。
俺は更に踏み込んだ。

「驚くかもしれないが、俺はドラゴンの言葉がわかる。まずは話をしてみたい」

『そう』

「……」

『……』

「……」

『……』

「か、会話をして？」

『何を言えばいいの？』

「いやほら、会話のキャッチボールっていうのがあるだろ？」

『……？』

ガルグイユ種の子はちょこん、と小首を傾げた。

そんな「人間の言うことはわからないですぅ」なんて反応をされるとこっちも困る。

「喋るのが嫌いなのか？」

『……好きじゃない』

「なるほど」

寡黙な子なんだな。

まあ、それはそうだ。

ドラゴンだって、様々な性格の子がいる。

会話できなくてもそれは何となく知られてるし、会話できる俺はもっとよく理解してる。

寡黙でも、今みたいに話が通じるのなら何も問題はない。

だから、俺は最終確認した。

「お前を連れていくけど、どうかな」

『好きにして』

「ああ、好きにする」

俺は「あはは」と笑った。

そして振り向き、男に手招きをした。

男はこっちに近づいてきた。

「いかがでしたか」

「この子が気に入った。このまま連れて帰ってもいいか？」

「もちろんでございます」

「値段は？」

「1万リールとなります」

「ん」

俺は頷き、ここに来る前に教会で両替してきた札を渡した。

金貨とか銀貨とかは、大口の取引にはあまり向いてない。

めちゃくちゃかさばるし重いからだ。

そこで、金貨とか銀貨とかをまず何か価値のあるものに換えて、持ち運びしやすくしてから、それを使って取引する。

その中で一番使いやすいのが教会が発行する「教会札」だ。

教会は国中の至る所にあって、信者からの寄付で財力があって、公信力もある。

その教会が発行する札はどの教会に行っても記された金額を引き出せるから、大口の取引に使われる。

ちなみに、教会で教会札を通して金を出し入れする場合、他の札屋と違って手数料はかからないが、無言の圧力で寄付という実質的な手数料を求められる。

教会は神に仕えるもの、金儲け（かねもう）けのためにやってないという建前だ。

その建前がなんとも面白いものだ。

俺は、額面で1万リールになる教会札を取り出して、渡した。

男は教会札だとわかるや、ますますニコニコ顔になってそれを受け取った。

ニコニコ顔なのは、教会札なら確実に換金できるのと、この場で銀貨を数える手間が減るからだ。

商人にとって、大量の銀貨を数えるのはそれだけでコストになる。

「さすがでございます。1万リールを教会札で即金とは。さぞや名高い竜騎士様でいらっしゃるとお見受けします」

男は満面の商売スマイルを向けてきた。

「もしよければお名前を頂戴しても」

「シリルだ」

「シリル様……もしや、あの『ドラゴン・ファースト』の？」

「知ってるのか？」

俺はびっくりした。

名前を名乗っただけでギルド名が出てくるなんて思いもしなかった。

「もちろんですとも。今をときめくドラゴン・ファーストのシリル様に当店でお買い求め頂けるなんてこの上ない名誉」

予想外の展開になった。

その後しばらく、俺は男の褒め殺しにあった。

商売人だからおだてもかなり入ってるけど、それでも。
名前が知られているのは事実で、それは割と嬉しく感じたのだった。

31. 寡黙なユーイ

俺はガルグイユ種の子を連れて、店を出た。

小型種の中でもとりわけ小さな種の子は、横を静かについてきた。

大型犬とか、仔馬とか。

それくらいのサイズの子。

ルイーズ達とは目線の高さが同じくらいだったり、ときにはこっちが見上げるくらいだったりしたんだけど、この子を見るときは完全に下を向く格好になる。

そんなガルグイユ種の子を連れて、宿に戻ろうと街の中を歩いた。

「そうだ、名前をつけなきゃな」

『……』

「こういうのがいい！　とかあったら教えてくれ」

『……』

「……」

『……』

「もしもーし」

反応が返ってこなかったから、手を目の前で振って気を引いた。

『……なに？』

「話聞いてた？　名前を決めなきゃって」

『聞いてた。私のことだと思わなかった』

「ああ」

俺は小さく頷いた。

そういうことか、まあそれもそうだな。

普通の竜騎士はそうやっていちいちドラゴンに名前をつけないからなあ。

「悪かった、説明が足りてなくて。改めて、何か希望する名前はあるか？」

『……ない』

「ないのか？」

『そう、名前なんて、なんでもいい』

「なるほど」

俺はまたまた頷いた。

色々と納得した。

そういう子なんだろうな。

まあ、それならそれでいい。

ドラゴンも人間と一緒で、いろんな性格をしてる。

寡黙な性格をしてるからといって、「性格を変えろ！」とは絶対言えない。

そういう風にねじ曲げるのは望むところじゃない。

ない、が。

「じゃあ勝手につけて勝手に呼ばせてもらっていいかな。名前がないとさすがに人間の俺には不便だ」

『好きにして、いいよ』

「ありがとう。それじゃ……ユーイはどうだ」

『ん……』

ガルグイユ種の子はかなり薄いリアクションをした。

OKかNGかいまいちわかりにくい反応だったが、今までのことでなんとなくわかってきてる。

反応が薄いだけで、NGってわけじゃないんだろう。

「じゃあこれからよろしくな、ユーイ」

『ん……』

やっぱり反応は薄かったが、ともかくこれで名前が決まった。

「それでユーイ、ガルグイユ種の子は周りを擬態させる能力があるって聞いたけど、本当なのかそれは」

『ん……本当』

「どういう感じなんだ、説明してくれないか」

俺はまず、ユーイに説明を求めた。

ガルグイユ種にそういう能力があるということは知識で知っているが、具体的にどうなのか、というのはわからない。

というより、この手の「知識だけで知っている」ことは、色々と「そりゃそうか」って感じで、抜け落ちてるパターンが多い。

例えばムシュフシュ種のコレットも、消化に使われない胃袋三つを貯蔵とか運搬に使えるという知識はあるが、それをやると体全体が膨らみ上がることは知らなかった。

実際に見たら「そりゃそうだ」ってなることも、実際に目にするまでは意識にも上がらないことがよくある。

だからまずは本人に説明させて、場合によっては実演してもらおうと思った。

『説明……』

ユーイは少し考えた。

『三種類、ある』

「三種類」

『私と、私が触ってる生き物の姿を消して、一緒に見えなくする』

「へえ、見えなくなるのか」

『うん、見えないだけ。声を出したら聞かれちゃう』

「ふむ」

『でも、触られなければ、絶対に見えない』

「そうか。ルールがはっきりしてるのはいいな」

俺は小さく頷いた。

変な例外がないというのはいいことだ。

「もう一つは？」

『私の周りごと見え方を変える』

「周りごと？」

『……範囲』

「範囲」

ユーイの言葉を繰り返した。

その言葉の意味を吟味した。

「……よくわからないから、実際にやってみせてくれるか？」

『別に、いい』

「よし」

せっかくだから、クリス達にも見てもらおう。

そう思って、ユーイを連れて、宿へと急いだ。

☆

『お帰りなさいゴシュジンサマ』

『宿の人がご飯を持ってきてます』

『冷めちゃってるから作り直してもらえば？』

宿に戻ってきて、中に入ると、竜舎側からルイーズら三人が俺に話しかけてきた。

「ただいま。ご飯はいい、後で食べる。それよりも――」

俺は横をちらっと見た。

連れて帰ってきたユーイが、ドラゴンながら、人間の俺にもわかるくらいの無表情でルイーズ達を見ていた。

『その子が新しい子?』

俺の視線に気付いたコレットが先に聞いてきた。

コレットに言われて、ルイーズとエマもユーイに気付いた。

「ああ、そうだ。ドラゴンの中でもちっちゃい方だから気付かなかったのかな」

『くはははは、そういうことではないぞ』

今度はクリスが言った。

中型種のクリスは向かってくることなく、竜舎部分の地面に寝そべったまま言葉だけかけてきた。

「そういうことじゃない?」

『その三人は心友のことしか目に入っていなかったということだ』

「この子が小さいからだろ?」

『くはははは。うむ、それもゼロではないということにしておこう』

「?・?・?」

どういうことなんだ一体。

ん？　もしかして、コレット達にはさっきまでユーイのことが見えてなかったのか？

まあいいや。

クリスがちょこちょこ思わせぶりなことを言うのは今に始まったことじゃない。

むしろ、大事なことだとクリスははっきり言ってくる。

思わせぶりなときは大したことじゃない、世間話系のことが多い。

なら、それは今は良いだろう。

「紹介する。ガルグイユ種のユーイだ。ユーイ、こっちがルイーズ、エマ、それにコレットだ」

俺はそう言って、四人を互いに紹介した。

『ん……』

『なに、無口な子ね』

「ああ、どうやらそういう性格らしい」

『ふーん、そんなんでいいの？』

「いいじゃないか、そこは個性だ」

『でも――』

『心友の言う通りだぞ。どこぞには、好きなのに会えて高圧的に出るという個性の持ち主も――』

『ガブッ!!!』

「うわーお」

思わず感嘆する声が出てしまった。

クリスが何かを言うと、コレットはパッと振り向いて、電光石火、としか言いようがないスピードで飛びつき、噛みついた。

やっぱり仲がいいなあこの二人は。

その一方で。

『私はルイーズ、よろしく』

『エマって言います。一緒に頑張りましょうね』

『ん……』

他の三人はスムーズに自己紹介をした。

打ち解けるまではいってないが、ひとまずは大丈夫だろう。

「さてユーイ。もう一つの擬態を見せてくれるか?」

『……わかった。あれ、いいの?』

「あれ？　ああ、仲よさそうだからいいんじゃないのか？」

『そう』

ユーイは頷き、トコトコと歩き出した。

クリスとそれに噛みついてるコレットの所に向かっていた。

噛みつきながら、じゃれ合ってる二人の前に立った。

次の瞬間――。

「むっ」

俺は眉をひそめた。

クリスに噛みついてるコレットの姿に眉をひそめた。

「ちょっとちょっと、何をしてるんだ二人は。なんでそんなに仲が悪いんだ？」

『ふぇ？　はひをひっへふほ？』

『ほう……なるほど』

噛みついたままもごもごするコレット、楽しげににやりと口角を歪めるクリス。

いやそんなことよりも――。

言いかけた瞬間、また――。

「あれ？」

俺はポカーンとなった。

コレットはクリスに噛みついたままだ。

噛みついたまま、きょとんとしてこっちを見ている。

それは、見慣れた光景。

「なんで……俺は今、二人の仲が悪いって思ったんだ?」

『これが、もう一つの擬態』

「むっ、なるほど!」

ユーイの言葉に納得する。

「詳しく説明してくれないか」

『見ての通り、見たもののイメージを変える』

「イメージを」

『見える、けど、受け取り方が変わる』

「受け取り方……」

俺は今見えた光景、受け取った感じを思い返してみた。

「例えばだけど」

『……』

「道ばたに人間の死体が転がってたとして、それを『道ばたに死体くらい転がってるの普通だよねー』とかにすることができるってことか？」

『……そう』

ユーイははっきりと頷いた。

「なるほど、そういうことか。これならガリアンの畑を隠せるな」

『くはははは、さすが心友、察しがいいぞ。まあそれだけではないがな』

「なにか知ってるのかクリス」

『うむ。ガルグイユ種であろう？　契約してみるといい。心友とガルグイユ種の契約なら面白いことになるぞ』

「契約か」

俺はユーイを見た。

はっきりとそう言いきったクリス。だから俺はちょっと期待した。

32. 大物のイメージ

「契約をさせてもらってもいいか？」

『……契約？』

ユーイは相変わらずの薄い反応で、ちょこんと小首を傾(かし)げた。

契約のことはまったく知らないから、こんな反応をするのも仕方がない。

「説明すると――」

『いいよ』

「――いいんかい！」

流れるようなつっこみを入れてしまった。嫌がるかもしれないと思って説明しようとしたら、テンションは低いが嫌がってるそぶりはまったくなかった。

「いいのか？　何も知らないままで」

『別に……』

「嫌なことかもしれないんだぞ」

『あなたのことは、嫌じゃないから』

「むむっ」

虚を突かれてしまった。

ユーイの口から出てきた理由はちょっと嬉しいけど、想像してなかったものだった。

「そうなのか？」

『それに』

ユーイは小さく頷いた後、他の四人をぐるっと見回した。

ルイーズ、コレット、エマ、クリス。

竜舎の中にいる、四人のドラゴンに視線を一巡させてから、また俺に戻してきた。

『ここにいるみんな、楽しそうだから』

「それは――」

『くはははは、人徳というものだな。さすが我の心友よ』

クリスが大笑いした。

というか、ぼうっとしているようで、結構周りのことを見てるんだな。

ルイーズら四人の振る舞いから俺のことを品定めしたのなら、結構な観察力なのかもしれない。

ガルグイユ種の擬態よりもずっと得がたい能力なんじゃないか、と思った。

まあ、それはともかく。

「ありがとうな。じゃあ早速契約をさせてもらおう」

『ん……』

「クリス」

『おうともよ』

なんだそのキャラクターは――と思うような返事をしつつ、クリスは俺とユーイの間に魔法陣を作った。

急なことでナイフを持っていない俺は最初のときと同じように、ツメで人差し指の腹を切って、血を一滴垂らした。

「ユーイも同じように、血を一滴垂らして」

『わかった……』

静かに頷きながら、ユーイも同じようにツメで自分の前足をひっかいて血を出した。

二人で魔法陣に血を垂らす。

血が混ざり合って、魔法陣に吸い込まれる。

そして光になって、魔法陣から俺に取り込まれた。

光が俺の体に馴染んで、過去の四回と同じように、契約はつつがなく完了した。
『どうなの？』
コレットが聞いてきた。
「なるほど……うん。コレット、テストに付き合ってくれ」
『あたしが？』
「ああ」
『別にいいけど……』
コレットは受け入れつつも、なんであたしが？　って顔をしていた。
俺はコレットに手をかざした。
かざされたコレットの姿が歪む。
空間ごと姿が歪んで、形を変えていく。
みるみるうちに姿が変わって――ムシュフシュ種のドラゴンから人間の姿になった。
十六歳くらいの、長い髪をツインテールにした、美少女に姿を変えた。
『な、なにこれ』
コレットは驚いた。
自分でも「そう」見えているみたいだ。

「ユーイとの契約の力だ。ちなみにただ見た目を変えただけ」

『見た目だけ？』

「そう、実際は――コレット、前足を上に向かって伸ばしてみろ」

『こう？　あっ……天井に届いた』

コレットはハッとした。

見た目では、年頃の美少女が背伸びをして、手を上に伸ばしているだけで、到底天井に届くほどじゃないが、実際にはコレットは天井に「前足」が届いたみたいだ。

元のコレットはそれくらい大きくて、四つん這いから二本足で立って前足を伸ばせば天井に届くくらいはある。

『へえ……』

「この力で、みんなを見た目だけ人間にすることができる。本当に見た目だけなんだけど――コレット」

『なに？』

「預けておいた小銭を出してくれ」

『え？　うん』

コレットは特に何も考えないで、小銭を「吐き出した」。

ムシュフシュ種の特殊能力、腹の中に色々収納することができる。
それで俺は持ち歩くのが面倒なものはコレットに預けておいた。
小銭とかがそれだ。
しかし——俺はちょっと後悔した。
コレットは——ツインテール美少女の姿で、口から小銭をじゃらじゃら吐き出した。
『うわ……』
『これはちょっと……』
ルイーズとエマがその絵面に複雑そうな反応を見せた。
コレット本人は自分のしていることの絵面が見えていないから、きょとんとしている。
『え？　なに？　女の子の姿、どう？　なんかまずいの？』
『くははははは。なあに、見目麗しい少女が男の前でゲロゲロ吐いただけのことよ』
『——ッ‼』
コレットはみるみるうちに顔が真っ赤になった。
『おっと、我に噛みつくのは——』
『ガブッ‼』
クリスの制止よりも早く、コレットは噛みついた。

ツインテールの美少女が中型のドラゴンに噛みつく。

こっちはまあ、まだマシだった。

というかまあ、うん、微笑ましい。

『ねえゴシュジンサマ。私にもそれやって』

『私もお願いします』

じゃれ合うコレットとクリスをよそに、ルイーズとエマが俺にお願いしてきた。

「ああ、じゃあ行くぞ」

俺はそう言って、二人に手をかざした。

コレットのときと同じように、二人の姿が空間ごと歪み、人間の姿になった。

ルイーズはふわふわ髪の、ぼんやりとした表情の女の子になった。

今にも眠ってしまいそうな表情をしている。

コレットよりも一回り幼く、十歳くらいの女の子って感じ。

一方のエマは逆に背が高く、胸も立派めな感じの女の子になった。

背が高く胸も立派だが、表情がおどおどしてる感じで、そのアンバランスさがちょっとおかしかった。

『へえ、私ってこんな見た目なんだ……』

『わわっ、む、胸が大変なことになってます！』

ルイーズとエマの二人は、自分の姿——幻影とも言うべき姿を見て、感心したり慌てたりしていた。

『これってゴシュジンサマが決めてるの？』

「いや、俺は『みんなのイメージ通りに』って感じでスキルをかけてるだけ」

『じゃあ毎回この姿なの？』

「そういうことだな。お前達の人間としての姿はそれになる、ってことだ」

『そうなんだ……』

『心友よ、我にも一発頼む』

コレットとのじゃれつきが終わって、クリスが俺に言った。

「わかった」

もちろん断る理由なんてないから、俺は同じようにクリスにもかけた。

空間ごと姿が歪み、クリスの姿を幻影に変える。

ルイーズ、エマ、コレットら三人は「美少女」の姿になったが、クリスは大人風の美女になった。

腰のくびれと脚線美を強調した、タイトな服を身に纏(まと)っている。

知的で、妖艶（ようえん）な大人の美女だ。

『ふむ、なるほど』

「って、お前女だったのか？」

俺はびっくりした。

クリスが女だというイメージがまるでなかったからこの姿には驚いた。

『くはははは、忘れたのか心友よ』

「え？」

『我は不死にして唯一なる存在、故に性別などない』

「ああ……それは前にも聞いたな」

『しかし必要となれば分化することもできる。つまり我は男でもあり女でもあるわけだ』

「へえ……ってことは、女だったらこんな姿になる、ってことか」

『そういうことだな』

クリスが頷（うなず）き、俺は納得した。

確かにそう言われると、普段の言動は豪快だが、そういう言動をするのが女だったら

――うんこういう見た目になるだろうなと納得した。

「ちなみに男だとどうなるんだ？」

『もう一度やってみるといい』

「わかった」

俺は頷き、幻術をといて、もう一度クリスにかけ直した。

元のフェニックス種の姿を経由して、姿が歪んで変化した。

『くはははは！』

今度は筋肉ムキムキで、ブーメランパンツ一丁のマッチョ男になった。

クリスは筋肉を誇示するポーズをしながらいつもの大笑いをする。

『この肉体美、悪くないぞ』

「悪い、こっちはなしだ」

俺は速攻でといて、またかけ直した。

クリスをさっきの、スレンダー美女の姿に戻す。

「ふう……」

『くはははは、こっちがいいか心友よ』

「ああ……こっちにしてくれ……」

あまり半裸マッチョに目の前をうろつかれると精神的にクる。

俺はじっとクリスら四人——美女と美少女の姿をじっと見て、それでようやく落ち着いた。

そして、気付く。

『……』

「どうしたコレット、俺をじっと見つめて」

『あんたさ、それであたし達——ドラゴンの見た目を人間にしたじゃん？』

「うん」

『あたし達に沿ったイメージの人間に』

「そういうことだな」

『あんたがドラゴンになったらどんな感じになるのか、ってのはできるわけ？』

「……おおっ」

俺はポンと手を叩（たた）いた。

「その発想はなかった。でも面白い、やってみるか」

『できるの？』

「……たぶん」

俺は少し考えて、頷いた。

確証はないが、できる。

俺は一度みんなを見回してから、自分にもスキルをかけた。

一瞬、目の前の視界が歪んだ後――「変わった」と感じた。

そして――。

『『『……』』』

ルイーズ、エマ、コレットが俺を見て、ポカーンとしていた。

俺も自分を見た。

自分の、幻影の姿を見た。

サイズは大型種。

家からはみ出しているが、幻術だからはみ出している所は景色が歪んで空間が広く見えた。

そのサイズは、クリスの倍はあった。

そして何よりも、この姿は――。

「バハムート……？」

俺は、自分の格好に戸惑っていた。

『くははは、うむ、バハムート種だな』

クリスは上機嫌に大笑いした。

『ドラゴンの中のドラゴン、竜王種という呼び方もあったな？』

「あ、ああ」

『さすが我が心友、ぴったりなイメージだ』

クリスは上機嫌に笑い、ルイーズ達は言葉を失う。

俺も、自分のイメージがバハムート種だということに、ちょっと戸惑っていた。

33. 姫様はなんでもしたい

数日後、ボワルセルの街に戻ってきた俺は、庁舎に行って、ローズと会った。

話があると申し出たら、ローズは俺を奥の応接間に通してくれた。

応接間の中で、ローズと二人っきりで向き合って座る。

「なに？　話って」

「郊外に拠点を作りたいんだ」

「へえ」

ローズはちょっとだけ目を見開き、面白そうだ、って顔で俺を見た。

「もうそこまで来てるの？」

「ああ、クリス——姫様から預かった中型のフェニックス種もいるし、ドラゴンの数も五人まで増えた。街中オンリーじゃ狭く感じてね」

「なるほど」

ローズは頷き、納得した。

竜騎士ギルドが、街の中じゃなくて、郊外に拠点を持つことは決して珍しくない。

むしろある程度の規模になってくるとそうすることの方が多い。

中型種大型種が入ると、どうしても街中には入りきれなくなってしまうのだ。

だから俺が「郊外に拠点を作りたい」と相談したのは至極当然の話だ。

だが、本当はそれが理由じゃない。

本当はガリアンの栽培のためだ。

ユーイが加わって、栽培の現場を隠蔽できるようにはなったが、それでも今やろうとすれば庭で家庭菜園という形になってしまう。

いわゆる危ない橋だ。どうせ渡るならちまちまやってもしょうがない。

ならば郊外に拠点を持って、広い土地を使って栽培しようってわけだ。

この話の発端となったネアルコ砦の連中も、それが理由で郊外にいるんだろうな。

「話はわかったよ。それにはお金が大分かかるけど、大丈夫？」

「どれくらいかかるんだ？」

「むしろどれくらいの土地がいるの？」

「ああ……」

そりゃそうだ、って納得しつつ、考える。

馬鹿正直にガリアン栽培って言うわけにもいかないから、もっと別の表現を考えた。

「大型種がいてもストレス感じないくらいの広さ、かな」

「となると、軍用の砦と同程度ってことだね」

ローズは頷き、そう言った。

上手く包み隠せたイメージで伝わって俺は満足した。

「そうなると、年間で50万リールはいるね」

「そんなにいるのか？」

「国の土地は全部王の持ち物だから」

ローズは肩をすくめた。

「郊外であってもそう。これはその使用料だね」

「そうか……」

50万リールなんてとても無理だ。

「そういえば」

「え？」

「シリルって姫様と懇意なんでしょ？　そっちから頼んでみたらどう？」

「……いや、いい」

俺は首を横に振った。

今回の一件は、竜涙香のいわゆる密造だ。

権力者の一方的な都合に反抗するのだからそれを悪いことだとは思ってないが、それでも姫様のことは巻き込めない。

「そうなの?」

「ああ。ありがとうローズ、まずは金策を考えてみる」

「うん、またなにかあったらいつでも相談してね」

俺は「ありがとう」と言って、席を立って庁舎を出た。

☆

家に帰ってきた。

竜舎の中で、ドラゴン達と向き合う。

家の中だから、ドラゴン達はみな、幻術による人間の姿ではなく、本来のドラゴンの姿だ。

あの幻術は体にこそ影響はないが、見た目と実際の感覚が違うから、どうもいまいち調子が微妙になるらしい。

それを聞いて、普段はやっぱりドラゴンの姿がいいなと俺は思った。

「さて、まずは一回、ガリアンを最初から最後まで育ててみようか」

俺はそう言いながら、手に持っているガリアンの種に視線を向けた。

郊外の広い土地はしばらくは無理だが、そもそも、一度ガリアンの種から、最終的に竜涙香になるまでのサイクルを体験しておきたい。

「ユーイ」

『……なに？』

竜舎の隅っこで、丸まっているユーイが顔だけ上げた。

「これから外でこれを植える。それの芽が出たら隠蔽を頼む」

『わかった』

『心友よ、種の数が少ないようだが？』

クリスが聞いてきた。

「ああ、まずはテストってところか。一つ二つ植えて、ちゃんと種から最後の竜涙香になるかどうかのテストだ」

『なるほど、であれば竜舎の中に植えるとよい』

「竜舎の中？　それだと日に当たらなくて育たないんじゃ？」

ガリアンというものにそれほど詳しくないが、それでも植物、だっていうことくらいは知っている。

そして植物は太陽の光を浴びないと育たない、ということも知ってる。

『くはははは、それならば問題はない』

「問題ない？」

『うむ、さあとくと見よ』

クリスはそう言って、普段の「寝っ転がって」る姿勢から、居住まいを正した。

そして胸のあたりから、燃えさかる火球を出した。

小さな火球だが、その小ささからは想像もできないくらいの光が竜舎の中を照らし出す。

「こ、これは……」

『フェニックスの炎は再生の炎、つまり命の炎だ』

「命の炎……」

『作物程度ならなんなく育つぞ』

「そうなのか⁉　すごいな！」

『くはははは！　そうであろう、何しろ我なのだからな』

「いや本当にすごいぞ、それ」

俺は感心して舌を巻いた。

その話がほんとうなら、屋内でも作物が育つ。

そして「夜」がない分、作物も倍の速度で育つ。

「あっ、でも」

『なんだ？』

「それ、つらくないのか？　そんな生き物が育つほどの炎を出すのは」

『……ぐわーはっははははは』

一瞬きょとんとした後、クリスは更に上機嫌になって――。

普段の高笑いよりも数段上機嫌な感じで大笑いした。

『面白い、実に面白いぞ』

「え？　なにが？」

『忘れたか心友よ、我は唯一にして不死の存在』

「ああ、知ってるよ？」

『不死なる我に「つらくないか？」と心配してきたのは、この三千年の間で心友ただ一人だ』

「むっ……」

そ、そうなのか？

『そりゃ、ゴシュジンサマは私達にやさしいから』

『ドラゴン・ファーストですから！』

これまで黙って話を聞いていたルイーズとエマがそう言った。

『うむ、そうだったな。案ずるな心友よ、炎を出すのは我にとって人間が息をするようなもの。この炎もせいぜいが、座るとき背筋を伸ばす程度の労力でしかない』

「それはそれでつらそうだけど……なるほど」

要するに大丈夫だってことか。

「じゃあ……頼むな、クリス」

『うむ、任せるが良い』

クリスが鷹揚な感じで引き受けた。

これで、「屋内」＋「隠蔽」の二段構えで、秘密にガリアン＝竜涙香の製造が試せることになった。

無事にいくといいな。

などと、思っていると。

「ごめんくださいー」

「ん？」

家の方の、玄関の外から女の声が聞こえてきた。

『客のようだな』

「そうみたいだ。行ってくる」

竜舎から上がって、家に入った。

そのまま玄関に一直線で向かって、扉を開けた。

そこに――姫様がいた。

「姫様？　どうして……」

彼女の向こうに馬車が停まっていて、馬も御者も息が上がって汗だくになっている。

急いでやってきたのがはっきりとわかる。

「あっ、立ち話もなんだから、中へどうぞ」

「はい！」

姫様は笑顔で頷いて、家の中に入った。

そのまま彼女を連れて、応接間にやってきた。

姫様だから、上座に通して、向き合って座る。

「えっと、何か依頼でも？」

「水くさいです、シリル様！」

「え？」

「この街の役人から連絡を受けました。ギルド拠点の土地を必要としているのだと」

「ああ、まあ……」

俺は曖昧に頷き、微苦笑した。

ローズが姫様に連絡してくれたのか？

「大きめのことだから、そこまで迷惑をかけるのもどうかと思って」

「それが水くさいです！」

姫様は強い口調で言い、恨めしそうな目で俺を見つめてきた。

「土地のことですよね。土地なんて有り余ってますから、いくらでも差し上げます！」

「いや、いくらでもってわけにも……」

さすがにそれは……って思ったが。

姫様は更に強い視線で、体を乗り出すほどの勢いで言ってきた。

「わたくし、シリル様のお役に立ちたいのです！　シリル様のためならなんでもします」

「なんでも？」

さすがにこれには驚いた。

そんなにか、ってびっくりして。

『わー……王女にそこまで言わせるゴシュジンサマすごい』

『くははははは、我の心友よ、これくらい当然であろう』

後ろの竜舎で、ドラゴン達が大盛り上がりしているのが漏れ聞こえてきた。

34．姫様の変身

三日後、ボワルセル郊外に姫様と二人っきりでいた。

厳密には姫様の馬車と従者が百メートルくらい離れた所で待機している。

そんな状態で、姫様と目の前の「廃墟(はいきょ)」を見ていた。

郊外に拠点を作りたい俺に、姫様が力を貸そうと提案してきた土地の候補だ。

「こちらでいかがでしょうか」

「元はどういう場所なんだ？　ここは」

「廃棄した荘園(しょうえん)だと記録に残ってます」

「荘園か、ってことは畑とかもあるんだな」

「はい……今は荒れ放題だって聞いてますけど」

「そりゃそうだ」

姫様が申し訳なさそうに言うと、俺ははっきりと頷いた。

頷きつつ、歩き出して中に入る。

姫様は俺の横をついてくる。

中を歩いて、俺はおあつらえ向きだと思った。

荘園というのは、王侯貴族が運営してる「村」のようなものだ。

普通の村は村人のものだが、荘園は王侯貴族の所有物だ。

通常の村では収穫したものは自分のもので、領主に税を納める。

対して荘園は収穫したもの全てが王侯貴族のもので、代わりに給料をもらう。

そういう細かい違いはあるにしろ、一つ、共通していることがある。

それは、作物を育てる場所だということだ。

今回の拠点で、ガリアンを育てることが目的な俺にとって、荘園というのは非常に都合がいい場所だった。

「建物は……ほとんど朽ちてるな」

「そのようですね。すみません、今すぐ使えるものを用意したかったのですが、すぐには……」

「いや、これでもすごく助かる」

「そ、そうなのですか？」

姫様はびっくりした顔で俺を見た。

「ああ、建物と設備はほとんど朽ちてるけど、でもほら、この壊れてる水車とか、落ちてるけど橋とか、倉庫とか。こういう施設はここに置いたらいいぞ、っていう参考になるから」

「な、なるほど」

「一から作るよりはかなり楽だ──ありがとう、姫様」

「──っ‼　し、シリル様に気に入っていただけて光栄です‼」

俺にお礼を言われて、姫様は思いっきり感激していた。

「それよりも、本当にここを使わせてもらってもいいのか？」

「もちろんです‼　シリル様のお好きなように使ってください‼」

「そうか。じゃあまずは……整地だな」

「整地、でございますか？」

「ああ。クリスに頼んでもいいけど、まあ俺でもやれるだろう」

俺はそう言って、周りを見た。

廃墟同然になっている元荘園を見て、「これは参考としてもいらない」と思うものを品定めしていく。

そしておもむろに腕を突き出す。

腕を突き出して、指を向ける。

次の瞬間、九本の指から炎の弾を撃ち出した。

炎の弾が次々といらない建物に当たって、炎上させる。

「シリル様？　そのスキルは一体……」

「いらないものは燃やしてしまった方が早いからな。幸い森とかが近くにあるわけでもないし、こっちの方が早い」

「それはそうかもしれませんが、そのスキルは……」

「ああ、スメイ種のエマと契約して使えるようになったスキルだけど、クリスとも契約してるから、炎が普通のよりも強くなってる気がする」

「他のドラゴンとも契約を結ばれたのですね！」

確証があるわけじゃないけど、俺はそう言った。

そういえば、姫様にこのスキルを見せたのは初めてだったな。

クリスと契約する前との比較はできなかったけど、九指炎弾を撃ってるときは、体の中でクリスとの契約も反応してるように感じることがよくある。

それで普段の炎よりも勢いがすごいっていうことなら、クリスとの契約がプラスになってるんだろう。

フェニックス種、炎の中から再生する、神の子と呼ばれるドラゴン。

それの影響で炎の効果が全般的に上がる——というのは理に適っていると思った。

俺は、炎弾で次々と、跡地からいらない建造物を燃やしていった。

場所はそのままで、建て替えた方がいい、というようなものは残していった。

そして、荒れ放題の畑にも炎を放った。

「畑にもですか?」

「ああ。こうすることで雑草とか害虫とかを、種や卵から死滅させることができるんだ。

それと土の質も良くなるらしい」

詳しい理屈はわからないけど、そういうことらしい。

「知りませんでした……シリル様は博識なのですね」

姫様は尊敬の眼差しで俺を見つめる。

熱烈な視線は、心地いいのと気恥ずかしいのが半々だ。

姫様を連れて歩きながら、いらないものを燃やしている。

ふと、荘園内を流れる小川を通ったところ、川面が鏡になって反射し、後ろにいる姫様の表情が目に入った。

姫様は何故か表情が暗かった。

俺は立ち止まり、姫様の方を向いた。

「どうした、なにかあったのか？」

「え？　いえ！　すみません！　なんでもないです！」

「なんでもないって表情じゃなかったけど……なんでも言ってくれ。力になれることがあったらなんでもする」

「いえ、本当に大丈夫です。ただ……」

「ただ？」

「シリル様とご一緒できたらいいな、って」

「一緒？」

どういうことなんだろうか、って顔をして、首を傾げて姫様を見つめ返した。

「はい、シリル様のギルドの一員として……そう思ったのですが、周りが許してくれなくて」

「そうなのか？」

「はい……竜騎士ギルドのパトロンになるのはいい、でも実際に参加するのは身分を落とすことになるから、と」

「なるほど……」

身分、か。

それは難しい話だな。

今の話が本当なら、姫様が俺を支援することはこの先も保証できるけど、姫様が今感じてるようなさみしさとか切なさは永久に解消されない。

それは……見ていてつらいな。

俺を追放して、ドラゴンを軽視するリントヴルムのような連中はどうだっていいが、よくしてくれる姫様のような人間なら、なんとかしてやりたいと思ってしまう。

何か方法はないか、と考えていると。

「……あ」

「ど、どうしたのですかシリル様」

「姫様、ちょっとそのままで動かないで、目を閉じててくれ」

「え⁉」

「すぐ終わるから」

「えっと……は、はい……」

姫様は周りをぐるっと見回してから、ものすごく恥ずかしそうに顔を赤らめて、目を閉じた。

目を閉じた後、顔を上に向かせ——背の高い俺に向けてきた。

何故か唇をすぼませてきた。

「……？」

何だろうと思いつつ、俺は姫様にスキルをかけた。

ガルグイユ種のユーイと契約した力、姿を変える力。

それを姫様にかけた。

ドラゴンを人間に変えることができるスキルは、人間にも効果があった。

直前まで、ザ・姫様だった彼女は、まったく別の姿に変わった。

服装がかなり庶民的になった。

今の彼女を見ても、誰も王女だとは思わないだろう。

「よし」

「シリル様？」

「もう、目を開けても良いぞ」

「え？　……はい」

困惑しながら、恐る恐る目を開ける姫様。

その困惑した顔で俺を見た。

「えっと……シリル様？」

「川に映ってる自分の姿を確認してみてくれ」

「はあ……え!?」

俺に言われた通り、川面に視線を落とす姫様。

さっきまで悲しげな表情を映し出していたのが、一変して驚愕(きょうがく)顔になってしまう。

「こ、これは……」

「変装する力だ。これで姿を全くの別人に変えることができる」

「こんなこともできるのですね……さすがシリル様です」

「これで、別人としてギルドに参加できるけど、どうする？」

「――っ！」

姫様はハッとした。

川面に映る自分の姿と、俺を交互に見比べる。

その顔は、新たな可能性を提示されて喜んでいるときの顔だった。

「お忍びのちょっと大げさ版だ」

「ほ、本当にいいのですか」

「ああ。姫様さえ良かったらだけど」

「参加します！　わたくしを加えてください！　お願いします‼」

姫様は俺にすがりつくほどの勢いで言ってきた。

「そうか、よかった。じゃあこれからもよろしく姫様」

「はい！　よろしくお願いします」

「そうなるとこの姿のときに姫様って呼ぶのもよくないな、何か別の名前を考えた方がいいな」

「そうですわね――いえ、そうですね。その……」

「うん？」

「シリル様がつけてくれませんか？」

若干つっかえながら、姫様は言葉使いを意識して変えながら言った。

「俺が？」

「はい！　お願いします！　シリル様につけてほしいです！」

「そうか。じゃあ……ジャンヌ、とかどうだ？」

「はい！　ありがとうございます‼」

すると姫様は大いに喜んだ。

こうして、姫様改め、ジャンヌがギルドに加わることになった。

「そういえば……さっきの顔、あれはなんだったんだ？」

「え？」

「なんかキス顔っぽい――」

「な、なんでもないです‼」

「え？」

「唇を蚊に刺されたんです。それでちょっとかゆかったのです」

「はあ……」

ジャンヌが何故か必死に弁明していた。

なんか腑に落ちないけど……まあ、いっか。

35．青田買い

「そうだ、仲間になるんだから、これは知っておいてもらわないといけないな」

「何ですか？」

思い出したように言う俺に、不思議そうな表情で首を傾げるジャンヌ。

「俺、ドラゴンの言うことがわかるんだ」

「言うことが……？」

「ああ、ドラゴンの言葉がわかる。人間と変わらない感じで会話ができる」

「本当ですか⁉」

ジャンヌは思いっきり驚いた。

「ああ」

「そんなの聞いたことがありません……」

「ちょっとだけ試してあげようか」

「試すって、どうやってですか？」

☆

半日後、ボワルセルの街、俺の屋敷。

竜舎の表、庭で待っていると、ジャンヌを乗せたルイーズが戻ってきた。

「お帰り」

そう言って、手を伸ばして、ジャンヌを助けてルイーズの背中から下ろした。

俺の前に立つジャンヌは不思議そうな表情をしている。

「ただいま……えっと、これで何がわかるのですか？」

「ちょっと待ってな」

ジャンヌからルイーズに視線を移した。

「どうだ、ルイーズ。言ってた通りに教えてくれ、大丈夫だから」

『……』

「どうしたルイーズ」

『ごめんゴシュジンサマ、これ、ゴシュジンサマに言っていいのかわからない』

「言っていいのかわからない？」

『うん。独り言を言ってたけど、たぶんゴシュジンサマに言っちゃダメなこと。本人の口から言うのはいいけど』

「どういうことだ……？」

俺は不思議に思った。

俺のもくろみはこうだ。

ジャンヌに、ルイーズに乗って街を一周してきてもらう。

その際ジャンヌはなにか独り言をつぶやくだろうから、それをルイーズから聞いて、伝える。

それで俺はドラゴンの言葉がわかるという証拠になる——って算段だ。

何をした、とかじゃなくて、何を喋ったとそのままリピートすれば嫌でも信じるしかない、完璧な作戦だったんだが、何故かルイーズが難色を示した。

俺は少し考えて、ジャンヌの方を向いた。

「ジャンヌ」

「なんでしょう」

「ルイーズが、俺に教えちゃいけない独り言を言ってた、って言ってるんだけど」

「シリル様に教えちゃいけない独り言？」

「ああ、ルイーズに乗ってる間、ジャンヌが言ってた」

「……――っ‼」

最初はきょとんとしていたが、すぐに何か思い当たったらしく、ジャンヌは目を見開き驚愕した。

それだけではない、顔が一瞬で真っ赤になった。

「だ、だめです！　言ってはなりません‼」

ジャンヌは慌ててルイーズを止めようとした。

『だから言わないって言ってるじゃない』

「安心してくれ。俺には教えられない話なんだろ？」

「そ、そうなんです……」

ジャンヌはほっとした。

「一体何を独り言で言ったんだ？　ルイーズが、本人の口から言うのはいいけど、とも言ってるぞ」

「そ、それもダメです！」

「なんで？」

「それだと……告白になっちゃいます」

「え？　何になっちゃうって？」

つぶやきの声が小さすぎて、何々になる——っていう、おそらくは一番重要なところが聞き取れなかった。

「な、なんでもないです！」

「しかし——」

「それよりも！　本当にドラゴンの言葉がわかるのですね」

「え？　ああ」

俺は小さく頷き、ルイーズの方に視線を向けた。

いまいちすっきりしないが、俺がドラゴンの言葉がわかることを理解してもらえたんだから、目的は達成できた。

なら、まあいいか。

「すごいです……だからあんなにドラゴンのことを……」

「まあ、言葉がわかるから、お願いがしやすいんだ」

「……では、神の子と話していたのも？」

「そういうことだ」

「あれは神の子のお力ではなく、シリル様の力だったのですね。すごいです！」

ジャンヌは感動した目で俺を見つめた。

クリスが復活したときに彼女もその場にいた。そしてクリスと俺が話してるところも見ていた。

なるほど、あれはクリス——神の子フェニックスだから、って思ってたってことか。

「……あれ？」

「どうした」

「シリル様のそのお力……以前のギルドの方はご存じなかったのですか？」

「ああ」

俺は微苦笑した。

「まあ、言いはした」

「なのにシリル様を追放なさったのですか？」

「そうだな」

「……見る目がないのですね。リントヴルムは一流のギルドとは聞きますが、底が知れますね」

ジャンヌは不機嫌半分、さげすみ半分な顔でそう言った。

まあ、今となっては追放してくれたことに感謝してる。

俺を見下す相手のことなど、もう知らん。

その代わり、認めてくれる者達と一緒にやっていきたい。

「ジャンヌ」

「は、はい。なんでしょうか」

「一緒に楽しくやろうな。ずっと」

「ず、ずっと……」

俺はそう言って握手を求めて手を差し出した。

ジャンヌは何故か顔を赤くして、ちょっとだけもじもじしてから。

「はい……よろしくお願いします」

と、俺の手を取ってくれたのだった。

☆

ジャンヌが加入して、一ヶ月くらいの時が経った。

ジャンヌがくれた郊外の土地は、今は業者を入れて、最低限の建物を建ててもらっている。

先日の竜涙香の運びで手に入れた金があるから、それを使っている。

また、ガリアンの本格的な栽培が始まったら業者に頼みづらくなるから、まず今やって

もらってるわけだ。

そんな中、俺はコレットを連れて、再びマンノウォーにやってきた。

マンノウォーの検問を難なくすり抜けて、前回のギグーの店に再びやってきた。

見覚えのある紋章を掲げた店の中に入ると——。

「なにもんだ——ってお前か」

前回同様、荒っぽい口調での出迎えになった。

「今日は何だ？」

「見てもらいたい品物がある」

「ほう、なんだ」

目がキラッと光った。

この短いやり取りだけで、向こうも察しているみたいだ。

「コレット」

『ん、ちょっと待って』

コレットはそう言って、胃袋の中から竜涙香を吐き出した。

消化じゃなく、貯蔵に使う胃袋。

そこから、彼女だけでなく、ルイーズとエマ、そしてユーイも。

ドラゴン・ファーストのドラゴンが作った竜涙香をまとめて吐き出した。

まずは試し、ってことで、手の平に載る程度の量だった。

それをとって、差し出す。

「まずは作ってみた」

「へえ？」

「試験的でもある。これを買い取ってもらえるならちゃんと作ろうと思う」

「そうかい。なら見せてみろ」

「ああ」

俺は頷き、竜涙香を渡した。

そいつは受け取って、舐めたり匂いを嗅いだりしてみた。

「こ、これは……」

そして、何故か大いに驚いた。

「どうした」

「こんなに純度の高い竜涙香、滅多にお目にかかれねえぞ。どうやって作った」

「ああ。できてからもしばらくの間、胃袋の中に残していてもらった」

これはクリスから教わったことだ。

できてすぐに取り出すんじゃなく、もうしばらく胃袋の中で「熟成」させた方がいいって。

それをそのまま実行した。

「……全部がそうなのか」

「ああ——どうした、何かまずいのか？」

「いや、よくドラゴンをしつけたり、宥められたりできたな。ドラゴンは隙あらばこれを吐き出そうとするもんだ、熟成するまで入れたままにさせるのはかなり難しいぞ」

「そういうことか」

俺は頷いた。

そして、コレットをポンポン叩いた。

「うちのドラゴンは優秀だから」

『ふ、ふん。褒めたって何も出ないからね』

コレットは照れ隠しに顔を背けた。

最近わかってきた、こういうときのコレットって照れてるんだって。

クリスなんかはそれを指摘して、そしてコレットがぶっと噛みつくまでがお約束の流れだ。

まあ、それはそうと。

「そこまでドラゴンをしつけられるものなのか……」

目の前の男は驚愕(きょうがく)半分、感心半分の顔をしていた。

「で、どうだ。買い取ってくれるのか?」

「……この純度を保てるか?」

「コレット?」

『まっ、やれって言うのならやるけど』

「問題ないと思う」

「この純度なら一・五倍……いや、倍で買い取らせてもらう」

「倍? なんでだ?」

「純度が高けりゃ、想像力の弱い人間でも夢を自由に操れるからな」

「ああ……」

俺はものすごく納得した。

たまに夢だと自覚して、夢をコントロールしようとしても、上手(うま)くいくときと微妙に上手くいかないときがある。

竜涙香の純度の差で違いが出るってんなら、高くなるのも納得だ。

「……ちょっと待て」

俺にそう言って、一旦店の奥に引っ込んだ。

次に出てきたとき、俺に一枚の紙を差し出した。

一目でわかる、教会が発行してる教会札だ。

「これは……」

「額面は1万リールだ。教会札だからどの教会でも即換金できる」

「これを?」

「前金だ」

男はそう言って、まっすぐ俺を見た。

少し考えて、理解した。

俺が持ってきた竜涙香の質が高くて、大金を使ってでも囲い込みたいってことだ。

つまりは……大成功ってわけだ。

36. 名声の副産物

あくる日の昼下がり。

屋敷(やしき)と竜舎が繋(つな)がっている所に腰を下ろして、ドラゴン達と世間話をしていると、まったく知らない人間が訪ねてきた。

初めて見る顔だが、商人っぽい格好をしてたから、門前払いにはしないで、とりあえず応接間に通して話を聞くことにした。

応接間の中、向き合って座ると。

「お初にお目にかかります、当方、ローラン商会代表、ローエン・ローランと申します」

「えっと、シリル・ラローズだ」

「存じ上げております。今をときめく竜騎士ギルドの代表たるラローズ様にお会いできて光栄です」

「今をときめく？」

俺は少し首を傾げた。

「はい。まだまだ少数ですが、業績や所持しているドラゴンなどから、間違いなくこの先『伸びる』と目されております」

「そんな風に見られてたのか」

「ですので、是非お近づきになりたく、本日は参上いたしました」

「そうか」

俺は小さく頷いた。

ローエンの顔を見た。

何となくだが、挨拶だけ、って顔じゃないと思った。

俺はストレートに聞いてみることにした。

「挨拶ってだけじゃないんだろ？」

「さすがラローズ様。本日は是非、ラローズ様にお買い上げいただきたい品物を持って参りました」

「へえ」

俺は——ちょっとだけ感動した。

知識では知っている。

買い物っていうのは、普通、店に出向いてするものだ。

だけど、有名になったり金持ちになったりすると、商人の方から買ってくれと持ちかけてくるようになる。

金持ちとそうじゃない人間の違いの一つに、商人が訪ねてくるかどうか、というのがある。

俺も商人が向こうからやってくる側になったのかあ……とちょっとだけ感動した。

そんなことを思いながら、改めてローエンに聞いた。

「どんなものなんだ？」

「こちらでございます」

ローエンは懐(ふところ)から、丁寧な手つきで小さな箱を取り出して、俺達の間にあるローテーブルに置いた。

宝石箱くらいの小さな箱で、ご丁寧に鍵までついている。

「それは？」

「聖遺物の一種です」

「聖遺物か」

俺は鼻白んだ。

聖遺物というのは文字通り、聖人など、聖なる存在が遺(のこ)したものだ。

もっと有り体にいえば「聖人とかの死体の一部」だ。

教会とかはそういうものを神聖化してありがたがっているが。

「聖遺物はあれだろ？　全部組み合わせたら聖人シモンが七つの首に百三十本の右腕を持つ化け物になるとかいう、あれだろ」

俺は微苦笑しながら言った。

ローエンも苦笑いした。

「はい、おっしゃる通りほとんどが偽物です。ですが、これは本物です」

「ふぅむ」

なんというか、どういう反応をしたらいいのかわからなかった。

俺が持ってきたのは本物だ、なんていうのは、商人の言葉の中で一番鵜呑みにしちゃいけない言葉だ。

それでどうしようかと迷っていると、ローエンは鍵を取り出して、箱を開けた。

開けて、見せてきた。

「これは……骨？」

「はい」

ローエンははっきりと頷いた。

彼が開けた箱の中に、小さな骨が入っていた。

その骨の形は明らかに人間のものじゃなかった。

何の骨なのかはわからないけど、人間の骨じゃないっていうのだけはわかる。

「何の骨なんだ？」

「ドラゴンでございます」

「ドラゴン？」

「はい、聖竜王の骨──人間に使役される前の時代の、竜達を統べる存在の骨──でございます」

「へえ」

「率直に申し上げまして」

「うん？」

「竜騎士ギルドとして、この先更なる飛躍を遂げられるかと思いますが、箔をつける意味でも、本物の聖遺物を一つは保持していた方がよろしいかと」

「むぅ」

「無駄に思えるかもしれませんが、名声や『格』というものは、そういった無駄にどれだけ余裕を持てるのかに関わってきます」

「……そうだな」

その話は何となくわかる。

つまりは見栄ってことだ。

王族とか貴族とかは、いかにそういう無駄な見栄を張れるかが重要だ。

それが竜騎士ギルド——上位になると同じことになる、っていうわけだ。

そういう意味では、本音でそれを言ってくれたローエンは、俺の味方ということだろうな。

だが、そうは言っても。

今はまだ、何に使えるのかもわからない聖遺物とやらに金を使える余裕はない。

『くはははははは、向こうからやってきたか』

クリス？

竜舎の方から聞こえてくるクリスの声。

ローエンの前だから、首を傾げただけで聞き返さなかった。

『心友よ、それを買っておけ。我が色々と保証しよう』

「買った」

俺はローエンにそう言った。

クリスが保証する——何を保証するのかはわからないが——と言い切った以上、迷う必要性は全くのゼロだ。

「2万リール、で如何でしょうか」

「わかった」

俺は少しほっとした。

所持金ぎりぎりだったからだ。

これを払ってしまうとしばらくすっからかんになるが——まあ稼げばいい。

それよりもクリスを信じよう。

俺は、手持ちの教会札2万リールを払って、聖竜王の骨を手に入れた。

☆

ローエンが帰った後、竜舎の中。

クリスと二人っきりで向き合った。

『決断が早かったな心友よ』

「お前が言うことだ、疑うのは時間の無駄だ」

『くはははは、よい、よいぞ心友。その決断力もよいし、何よりその信頼に応えなければな、という気持ちになる』

クリスは上機嫌で大笑いした。

笑い声で建物自体が震える——本当に機嫌がいいときの笑い方だ。

「で、これは本物でいいんだな」

『うむ、しかし名前が違う』

「名前が？」

『そうだ、それは聖竜王の骨などというちんけなものではない』

「じゃなんだ？」

『見るがよい』

クリスはそう言って、炎を吐いた。

吐いた炎は俺が持ってきた箱を包み込んだ。

箱ごと炎上した。

俺はクリスとの契約で炎無効の能力があるから、慌てないで持ったままでいたが。

「これは……普通の炎じゃないのか？」

『その通り、我の再生の炎だ』

「なるほど」

再生の炎は、箱だけを燃やし尽くして、骨に取り憑いた。

骨が、炎に燃やされながら、破壊どころか「再生」していく。

再生、あるいは受肉。

そういう言葉が、俺の頭の中に浮かび上がった。

やがて、骨は姿を変えて、あいくちのような短刀になった。

「これは……体の一部じゃなかったのか」

『言ったであろう、聖竜王の骨ではないと。さっきまでのはただの擬態だ』

「なるほど。じゃあこれは？」

『レガシー・フェニックスホーン』

「フェニックス……フェニックス⁉」

俺は驚き、パッとクリスを見た。

クリスはにやり、とどや顔をしていた。

『そうだ、我が何回か前に死んだときに遺した遺物で作ったレガシー。当時は神具と人間どもは呼んでいたな』

「神具⁉」

俺はまたまた驚いた。

今日一番驚いたかもしれない。

竜具が竜のために使う道具なら、神具は神々が使っていた道具と言われている。

様々な力があり、それは人間が作った道具を余裕で凌駕するもの。

普通ならこんなにポンポン出てくるなんてあり得ないってなるところだが。

『くはははは、心友の名声が呼び込んだな。さすがだ』

クリスが上機嫌に笑っている。

クリスが言うのなら、それは間違いなく本物だと俺は確信したのだった。

37. フェニックスの結界

俺はフェニックスホーンをまじまじと見つめた。

そして、クリスに聞いた。

「これはどういう効果があるんだ？　神具っていうからにはすごい効果があるんだよな」

『うむ、人間どもが泣いて喜ぶほどのものだ』

「へえ」

『それをすりつぶして体内に取り込むといい』

「食べろってことか？」

『うむ』

俺は驚き、目を見開いて首を傾げた。

神具と聞いて、「使う」か「身につける」を想定していたけど、まさか食べろって言われるとは思いもしなかった。

『その通り。くはははは、一本丸ごといかねば効果はないぞ』

「何がどうなるんだ？」

『不死になる』

「なに⁉」

『厳密には、一回分の死を帳消しにする、が現象としては正しいな』

「……フェニックス」

俺はそうつぶやいた。

なるほど、と思った。

神の子、フェニックス種。

死んでも炎の中から復活する種の特性。

その特性から来る特殊能力ってわけだ。

「……」

俺は持っているフェニックスホーンをじっと見つめた。

『安心しろ、見た目はこれでも味は相当のものだ。珍味レベルではあるがな』

クリスはそう言って、また「くはは」と笑った。

「ああ、そうじゃないんだ。別に味とか、見た目がグロいから食べられない、とかそういうことじゃないんだ」

『うむ？　ではなんだ』

「これ、一つしかないんだよな」

『うむ』

「一本丸ごといかないとダメなんだよな」

『その通りだ』

「クリスはいらないとしても、四本はほしいな、って」

ルイーズにコレット、エマにユーイ。

四本はほしいよなあ……。

『……ぐわーはっはははははは』

クリスは天井を仰いで、大笑いした。

いつになく馬鹿でかい声で大笑いした。

あまりの声に、天井が一部崩れてきた‼

「ちょ、ちょっとクリス！　抑えろ抑えろ」

『くははははは、すまんすまん。あまりにも愉快だったのでな』

「なにが？」

『いや、そこはさすが我が心友というところか。ドラゴン・ファーストは伊達(だて)ではないというわけだな』

「はあ……いや、今までもそうだっただろ？」

何を今さら、って感じだった。

俺がルイーズたちドラゴンの方を優先するのは今に始まったことじゃない。

クリスもそれを見てきてるはずだ。

『うむ、そうであるな。しかし「不死」を目の前にしてそれができる人間がいようとは思いもしなかったぞ』

「ああ、そうかもなあ……」

なんとなく、クリスの言う通りだと思った。

フェニックスホーン。

これとともに、クリスは多くの不死や永遠の命を追い求める人間を見てきた、ってことか。

『おもしろいものを見せてもらったわ』

「そりゃどうも」

『楽しませてもらった礼だ、心友のわがままを叶えてやろう』

「わがままって」

俺は微苦笑したが、直後、表情が一瞬で変わってしまう。

なんと、クリスが自分の前足を口で噛んで――そのまま前足を引きちぎったのだ。

「なっ！　何をする！」

『くははは、案ずるな。我は不死、この程度怪我の内にも入らん』

クリスが愉快そうに笑った直後、引きちぎった前足の断面が燃え上がった。

再生の炎に包まれて、前足が一瞬で再生した。

さすがフェニックス種――ってところか。

『心友よ、そっちを我に貸せ』

「え？　ああ」

俺は言われた通りに、フェニックスホーンをクリスに差し出した。

クリスは、自分の引きちぎった前足、そしてフェニックスホーンを、前足の二本――人間で言うところの両手で持った。

そして――光が溢れる。

光が左右に持っているものから溢れて、やがてそれは一つになった。

光が収まった後、クリスの手の中にあるのは「一本」の角だった。

先ほどとは異なり、白く光り輝く、フェニックスホーン。

「これは……」

『名前はない……が、先ほどの角に、我の能力をさらに付け加えたものだ。人間どものセンスに照らせば、真・フェニックスホーンといったところか』

「真……」

どういうことだ？　と俺はますます首を傾げたのだった。

☆

ボワルセル郊外、元荘園の、新しい拠点の敷地内。

竜舎と家がほとんどできているそこで、俺はクリスと二人で向き合った。

「どうすればいいんだ？」

『うむ、ここが中央だから、ここにそれを突き刺すといい』

「はあ……」

やっぱりよくわからないけど、俺は言われた通りにした。

クリスが言う「中央」に、渡された白く輝く……真・フェニックスホーンを地面に突き立てた。

突き立てた後、手を離して距離を取る。

「で？」

『くははは、すぐにわかる』

クリスがそう言ったから、俺は黙って、様子を見守った。

しばらくすると――変化が起きた。

真・フェニックスホーンがまた光を放ち出した。

顔をそむけ、目を覆うほどのまばゆい光。

光は数十秒間続いた。

それが収まった後、俺は恐る恐る目を開けた。

すると――フェニックスホーンを突き立てたそこに、巨大な円柱ができていた。

円柱は炎。

「こ、これは？」

『名前はない。人間どものセンスでは――極・フェニックスホーンというところか』

「いやそういうのはいいから」

さすがにつっこんだ。

ここでつっこまないと際限なくバリエーションが増えて、最終的にとんでもないことになりそうだ。

「これでどうなるんだ？」

『うむ、心友の望み通りだ』

「俺の？」

『この拠点の中にいる限り、心友配下の竜は死なぬ』

「本当か⁉」

『くはははは。うむ、危なくなったら引きこもるようあいつらに言っておくといい』

「それはすごいな……ありがとうな、クリス」

『くははは』

クリスはまた天を仰いで笑った。

さっきよりも更に楽しげだったが、今度は屋外だったから天井が落ちてくることはなかった。

俺は円柱を見あげた。

フェニックス種の力、神具の更に進化したもの。

それで、ここにいる仲間のドラゴン達を守ることができる。

いざというときも、ここにいれば命の危険はない。

つまり拠点では絶対に死なないということ。

新たに手に入れた拠点、そして拠点に付いてきた力。

この力が、俺とドラゴン達、そしてドラゴン・ファーストを、更に飛躍させる力になるのだった。

38. 尻拭い

拠点パーソロン。

元荘園だったここに名前をつけて、本格的に活動を始めた。

人間が使う家はもちろん、竜舎も落成したから、ボワルセルの街の家は保持したまま、こっちに越してきた。

そんなパーソロンの中を、散歩がてらに歩いていると。

「あの……シリル様」

「ん？　どうしたジャンヌ」

横で一緒に歩いているジャンヌが話しかけてきた。

変装した彼女を見て、姫様だとわかる人はまずいないだろう。

そんな彼女は、おずおずとした感じで、横にある家と竜舎を見比べていた。

「シリル様の家、竜舎よりもかなり作りが簡素に感じられますが」

「ああ」

「どうしてですか？」

「どうしてって、ドラゴンあっての竜騎士ギルドだからだよ」

俺はジャンヌを見つめ返して、答えた。

「ドラゴンがいないと竜騎士ギルドは成り立たないからな。まあ、予算的にちょっと足りないからこっちが割を食った、っていうのもあるけど」

俺は肩をすくめて、おどけるように言った。

「足りないから、竜舎を優先した……ということなのでしょうか」

「そういうことだな」

俺ははっきりと頷いた。

「うん？」

「本当にドラゴン・ファーストなのですね……さすがです」

「口で言うのは簡単ですけど、言行一致できる人をわたくしほとんど知りませんから」

「そういうものなのかな」

俺はちょこんと小首を傾げた。

言ってること通りに動くだけの何が難しいのか、今ひとつわからない。

『シリルさーん！』

道の向こうから、エマが走ってきた。

ちょっとした馬と同じサイズのエマは、ほとんど全力疾走に近いスピードで走ってきて、俺の前でピタッ！　と止まった。

「おー、エマ、そんなこともできるのか？」

『え？　そんなことって？』

「今ピタッと止まっただろ。全力で走ってきたんじゃないのか？　それで止まれるってすごいなって」

『あ……ありがとうございます』

エマは俺に褒められて、ちょっと照れた。

『他のドラゴンと戦うときって、こういう風にピタッと止まれると切り返しとかしやすくなりますから』

「ああ、なるほど」

俺は大きく頷き、納得した。

スメイ種のエマ。

スメイ種は小型種の中で「攻撃」に特化した能力を持ち、その戦闘能力が小型種の中で突出してる種だ。

ドラゴン・キャリアになる大型種にスメイ種を大量に乗せて、戦場に着いた後でスメイ種を出撃させる、という戦法は超大手ギルドや国の軍隊とかがやってる。

そんなスメイ種の能力を改めて知る日常のワンシーンになった。

「それよりも、俺になんか用でもあったのか？」

『あっ、そうでした！　シリルさん、シリルさんにお客様です。パーソロンの入り口で待ってます』

「客？　わかった。ジャンヌ、一緒に来てくれ」

「はい！」

ジャンヌを連れて、エマが駆けてきた方に向かっていった。

しばらく歩いて、拠点パーソロンの入り口。

簡単な木柵で囲んだところにつけられた、これまた簡素な正門のところにやってきた。

このあたりもいずれ資金に余裕が出てきたら——って思ってるところだ。

その正門のところに、一人の青年が立っていた。

「シリル・ラローズだ。あんたは？」

「リノっていいます。ローズさんの使いで来ました」

「ローズ？」

「はい、すぐに庁舎まで来てほしいとのことです」

「わかった、すぐに行く」

「ありがとうございます」

リノはそう言って、振り向き、小走りで去っていった。

ボワルセルの庁舎に戻って、ローズに報告するのだろう。

しかし……すぐに来てくれって。

「何かあったのか？」

不思議がった俺はしばし首を傾げていた。

☆

ボワルセルの庁舎の中、いつもの応接間。

ジャンヌと一緒にやってきた俺は、ローズと向き合って座っていた。

「ごめんね、急に呼び出して……その子は？」

ローズは俺の横にいるジャンヌのことを聞いてきた。

「ギルドに新しく入った子なんだ。名前はジャンヌ」

「よろしくお願いします」

ジャンヌはしずしずと頭を下げた。

「へえ……どこぞのお嬢様でも捕まえてきたの？」

「え？」

「振る舞いがすごく上品だね。商人の、いや没落貴族のご令嬢かな。…………あれ、この子、どこかで見たことがあるような……」

なんというか、一瞬でローズに見破られていた。

ジャンヌは言葉遣いに気をつけているみたいだが、所作から溢れ出る気品までは変えられなかったみたいだ。

「その、わたくし——いえわたしは」

見破られたジャンヌはちょっとだけパニックになっていた。

俺は手をかざして、ジャンヌを止めつつローズに微笑み返した。

「まあそんなもんだ。それよりも俺を呼び出したのは？」

躍起になって否定することでもないから、と認めつつ話を先に進めた。

「ああ、そうだったね。先に言っちゃうけど、尻拭いみたいなことをさせてしまうけど……いい？」

「尻拭い……？」

「うん。リントヴルムがちょっとドジ踏んじゃってさ……」

ローズは眉をひそめて、困った顔で言った。

リントヴルム。

かつて俺が所属していた竜騎士ギルドで、方針が合わずに俺を追放したギルドである。

有名なギルドで、このボワルセルだと最大手ってところだ。

人間もドラゴンも揃っているなかなかの実力派なんだが。

「何をしくじったんだ？」

「とあるドラゴン牧場で大事故が発生してね。スタッフは全員逃げ出せたんだけど、ドラゴンがそのままなの」

「……むぅ」

「シリル様……」

ジャンヌに手をかざしつつ、自分の眉を揉みしだいた。

自分でも顔が強ばったのを実感している。

「さすがに全部のドラゴンを見殺しにするのも可哀そう、ってことでリントヴルムに救出を依頼したんだけど、それが失敗しちゃって……」

「それで俺に御鉢が回ってきた、と」

「正直言って尻拭いだよ」

「そうか、まあ――」

「ここか！」

俺が答えようとしたそのとき。

パン！　と乱暴にドアが開け放たれた。

いきなりなんだ――と俺もジャンヌもローズも、ドアの方に一斉に視線を向けた。

ドアを開けて中に入ってきたのは、男の二人組だった。

「ルイ……それにエリク」

どっちも見知った顔だ。

ちょこちょこ街中で会うルイと、あれ以来久しぶりの再会になったエリク。

どっちもリントヴルムの所属で、エリクに至っては三番隊の隊長という、幹部の人間だ。

そのエリクが、俺を一瞥（いちべつ）しただけでローズに詰め寄った。

「おい！　うちを下ろすってどういうことだ！」

「後で話をするって言ったろ」

ローズは困った顔で言った。

「今はこっちの――」

「うちが一度受けた話だ。ちゃんと話通す前に他に持ってかれるとメンツが丸つぶれだ」

「……どうしろって言うの？」

「まずは正式に書類で――」

「ローズ」

俺はエリクの言葉を遮って、立ち上がった。

立ち上がって、ローズを見下ろした。

「すぐに出発する。うちのドラゴンをかき集めてくるから、場所とか注意事項とかをうちまで送ってくれ」

「うん、わかった」

「おい！　お前‼」

今度はルイが俺に怒鳴ってきた。

エリクの目配せで怒鳴ってきたルイは、ただの使いっ走りのチンピラに見えた。

「メンツの話はゆっくりそこでしててくれ」

「なにぃ⁉」

「ドラゴン達の命がかかってるんだ。悪いがこっちは先に行かせてもらう」

俺はそう言って、振り向いて歩き出した。

「待てよ！　話は――」

ルイが俺の肩をつかんできた。

その瞬間、肩をつかんだ手が燃え上がった。

「ぎゃあああ⁉　な、なんだこれは！」

ルイはパッと手を離した。

エマの炎弾と、クリスの炎無効化の組み合わせ。

それで肩ごとルイの手を燃やしてみた。

ルイは手を引いて、慌てて炎を消そうとする。

エリクが愕然（がくぜん）とした顔で俺を見ている。

「お前……そんな力をいつ……？」

「……」

俺は答えず、無言で部屋を出た。

ジャンヌが追いかけてきて、肩を並べて廊下を歩いた。

「なんなんでしょうか、あの人達は」

「ん？」

「いきなり怒鳴り込んできたかと思えば、メンツとかの話ばっかり」

「まあ、そういうギルドだ。リントヴルムは」

俺は肩をすくめた。

昔からそうなのは知ってたから、驚きはしない。

「それに比べて……やっぱりシリル様は素晴らしいです」

「ドラゴン・ファーストなだけだ。さて、急いでパーソロンに戻って準備をしよう」

「はい！」

俺は、大きく頷(うなず)くジャンヌを連れて、急ぎパーソロンに戻るのだった。

39. リーダーの素質

拠点パーソロンに戻ってきた俺は、竜舎で全員と向き合っていた。

人間はジャンヌ。

ドラゴンはルイーズ、コレット、エマ、クリス、ユーイ。

ギルド『ドラゴン・ファースト』の勢揃いだ。

「とりあえず、エマとユーイに一緒に来てもらう。荒事になるかもしれないから、頼りにしてる」

『わかりました！　頑張ります‼』

『ん……わかった』

エマとユーイはそれぞれのテンションで応じてくれた。

『ねえ、あたしは？』

コレットがちょっとだけ不満っぽい声で聞いてきた。

「コレットは待機だ。採鉱をしててくれ」

『なんであたしは採鉱してなきゃいけないのよ！』

コレットは怒り出した。

「今回は救出、戦闘がメインになる。だからエマとユーイが適任だ。コレットは戦闘が得意じゃないだろ」

『そ、それくらいできるし！　相手全員丸呑み（まるの）にして空気入らないようにすればいいじゃん』

「それはエグい」

コレットの言ったことを想像して、俺は微苦笑した。

相手を丸呑みにして空気を入れないってことは、漆黒の中で窒息していくってことだ。

下手な拷問よりもエグいな、と苦笑いするしかなかった。

それはそうとして。

「コレットはやっぱり留守を頼む」

『だから――』

「家を守るのも大事な仕事だ。何が何でも全員出撃するわけにはいかないからな」

『――守る？』

「そうだ。帰る場所を守る、ってヤツだ」

『……ふ、ふん。そういうことならやってあげてもいいけど』

「ありがとう。ああ、それと俺が出る前の大事な下準備があるから、それを頼まれてくれないか」

『わかった』

コレットは納得して、頷いてくれた。

無事説得できたようだ。

「ジャンヌ、コレットと一緒にボワルセルの街に行ってくれ。さっき言った通りに」

「わかりました。さあ行きましょうコレットちゃん」

ジャンヌは聞き分けが良く、コレットと一緒に竜舎を出て、一旦ボワルセルの街に向かった。

「クリスもここを守ってくれ」

『我もついて行かなくていいのか？』

「クリスは切り札だから、大事な拠点を守っててほしい」

『ふはははは、切り札か。ならば仕方ないな』

『あたしはどうすればいいの、ゴシュジンサマ』

「ルイーズは寝てていいよ」

俺はにっこり微笑(ほほえ)みながら、ルイーズに言った。

『いいの？　それで』

「できないことを無理にする必要はない。どこかでルイーズの力が必要なときも来るから、そのときに頑張ってくれればいい」

『ん、わかった』

コレットと違って、ルイーズは聞き分けが良く、あっさり引き下がってくれた。（クリスはまあ色々と別枠）

次に……って思いつつ、ユーイの方を向く。

「能力を確認させてくれユーイ。擬態の能力なんだけど」

『ん……』

「目的地にこっそり潜入する場合も考えられる。俺達を第三者から認識できないようにする、っていうのはできるのか？」

『人間は無理。ドラゴン――』

そう言って、ちらっとエマを見る。

『――はできる』

「そうか」

俺ができないとなると、潜入は難しそうだな。

『くははははは、ならばツンデレ娘を連れて行くのはどうだ？』

「なんでコレットを？」

『心友があの娘の腹の中に隠れて、無愛想娘にツンデレごと見えなくしてもらうのだ』

「面白い発想だな」

……。

『どうした心友、何を考えている』

「ああ、今、頭に何かひらめいたんだけど……」

俺は熟考した。

頭にひらめいたぼんやりとしたイメージを拾い集めて、はっきりとしたものにするように組み立てた。

しばらくして、ユーイの方に振り向く。

「ユーイ、人間でも見た目は変えられる、よな？」

『ん、それはできる』

「見た目を景色に変えるのは？」

『景色？』

ユーイは首を傾げた。

「例えば……」

俺は周りを見た。

そして一番近くにある、竜舎の建物の壁に背中をつけるようにして立った。

「この状態で、俺の姿を壁に擬態させることは？」

『……やってみる』

ユーイは少し考えてから、動いた。

次の瞬間、俺の姿が歪んだ。

歪んだ後、俺は自分を見た。

顔はわからないが、自分の体が「壁」になっている。

まるで自分の上に「壁」という絵を描いたかのような感じだ。

『ほっほ……なかなか面白いではないか』

「クリスにはどう見えてる？」

『うむ、心友の狙い通りだ。背景にしか見えぬ、心友の姿はまったく見えぬ』

「これなら実質見えなくなる……けど」

『けど、なんだ？』

クリスが聞き返してくる。

俺は少し動いた。

俺に「壁」という絵を描いて見えなくした、という擬態は、俺がちょっと動いただけで違和感が出た。

『ふむ、なるほど』

「動いた後に合わせることはできそうか、ユーイ」

『できる……けど』

「けど?」

『疲れる……かも』

「なるほど」

いちいち「書き換える」ってことだもんな。そりゃ疲れもするだろうな。

俺は少し考えて、言った。

「無理してもいいことはない、いざってときに頼む」

『……わかった』

『くははは、面白いところを見せてもらったぞ心友』

「面白いところ?」

『ドラゴンの力をうまく活用、アレンジするとはな。さすがだ』

「必要だったからな」

『我の力もそのうち頼むぞ』

「ああ」

俺は微苦笑しつつ頷いた。

クリスはたぶん、俺よりもずっと賢い。

神の子だし、実質何百年も、何千年も生きてるからな。

まあでも、それはあえて言うまでもないことだ。

☆

一時間くらいして、ジャンヌとコレットが戻ってきた。

『これでいい？』

「ああ」

俺は頷いた。

竜舎の外、シートを敷いた屋外の地面に、大量の食べ物が置かれていた。

ほとんどが肉・肉・肉！　って感じのラインナップ。

思いっきり宴会ができるくらいの量で、人数にすれば五十人前はあるだろうか。

それをジャンヌに買い出しに行ってもらって、コレットの胃袋に入れて運んできてもらったのだ。

「ありがとうコレット」

『別に楽勝だったから』

「そうか、それでもありがとう」

『……ふん』

コレットは何故か素っ気なく顔を背けてしまった。

一方で、ジャンヌが不思議そうな顔をして聞いてきた。

「シリル様、これはどうなさるのですか？」

「食べるんだ、俺が」

「シリル様が⁉」

「ああ」

俺は頷いた。

「契約したスキルで、食べた分を純粋なエネルギーにして蓄えられるんだ」

「食べた分だけ……」

「食べれば食べるほど戦えるってわけだ」

「はあ……そうなのですね」

ジャンヌは感心半分、驚き半分って顔をした。

俺は地べたに座った。

量が多すぎて家の中に広げられず、外に出した宴会並みの食事を胃袋の中に入れていった。

あのリントヴルムが任務に失敗するくらいだ。何らかの戦闘が発生する可能性は大いにある。

だからエネルギーは多めに蓄えていかないといけない。

俺はとにかく食べた、食べまくった。

食べた分をエネルギーにできるから太らないが、食べてるうちに徐々に「飽きて」くる。

特にエネルギーにしたくて、買い出しのジャンヌには肉を多めに頼んだが、それが思いっきり飽きてくる。

それでも、俺は食べ続けた。

飽きてきて気持ち悪くなっても、体にエネルギーが蓄えられていくのが感じられるから、俺は頑張って食べ続けたのだった。

☆

限界を超えて食べ続けるシリルを、ジャンヌもドラゴンも、全員が見守っていた。

『ゴシュジンサマ、苦しそう』

ルイーズがつぶやいた。

シリルの顔色がはっきりと悪くなっている。

まるで大食い競争のように限界を超えて腹の中に詰め込んでいるため、顔色が目に見えて悪くなっている。

それでも戦闘用のエネルギーを蓄えるという、絶対に必要なことだから、シリルは続けているし、誰も止めようとはしなかった。

『変な人……』

『どういう意味ですかユーイさん』

エマがユーイのつぶやきに反応した。

『人には無理するなって言うのに、自分は無理してる』

『それがゴシュジンサマだから』

『そう……』

『あんた達、ちゃんと働きなさいよね。ヘマしたら承知しないんだから』

コレットがエマとユーイ――シリルについて行く二人に言った。

『もちろんです！　死ぬ気で頑張ります』

『ん……できるだけ、やる』

返事に温度差はあったが、エマはもちろん、ユーイも目が少し真剣になっていた。

『くはははは』

それを見ていたクリスが愉快そうに大笑いしていた。

『そんな心友に、我から一つ餞別(せんべつ)をやろう』

「ん？　ありがとう？」

言葉ではなく、自ら率先して動いて、その結果部下をその気にさせて、より本気を引き出す。

クリスは、シリルにはたぐいまれなるリーダーの素質があると、人知れず感心していたのだった。

40. 素敵なご主人様

クリスから餞別をもらった俺はエマとユーイを連れて、パーソロンを出発した。

街道沿いに、エマとユーイの二人と並んで歩いていた。

俺は結構な早歩きで、ちょっとだけ息が上がっている。

走るとすぐにバテるから、バテて動けなくならないギリギリの速度で歩いた。

人間の俺は体力ギリギリの早歩きだけど、ドラゴンはさすがに身体能力が遙（はる）かに人間よりも高いから、この程度の移動速度では疲れた気配はまったく見せていない。

もうちょっと速度あげられそうかな——と思っていると。

そんな俺に、エマが横から話しかけてきた。

『目的地までどれくらいですか、シリルさん』

「ふむ」

俺は頷きつつ、懐（ふところ）から地図を取り出して、広げた。

ローズが使いの者をよこして届けてくれた地図だ。

そこにはボワルセルの街と俺達の拠点パーソロン、そして目的地であるエタン牧場の場所が記されている。

俺はそれを見つめつつ、頭の中で計算しながらエマの質問に答えた。

「地図だと街道沿いに行って、エクリプス川の手前で曲がって東に行った先の、ヌレイエフ山の麓近くに——」

地図から読み取った内容を話したが、途中でエマがちんぷんかんぷんな顔をしてたから詳しい話はすっ飛ばした。

「——まあ街道沿いに行って半日ってところかな」

『もっと早く行けないんですか？　途中で曲がるのなら、直接向かった方が早いと思いますけど』

「ただ、突っ切るような道がないんだ」

俺は地図を見ながら微苦笑した。

ローズが用意してくれた地図にはそこそこ詳しい内容まで書かれている。

たしかに、エマが言うように途中で曲がるんだから今から直線で行けば距離はかなり短くなるが。

「草原続きで、人間の俺の足だと逆に遅くなりそうなんだ」

『だったら私が乗せていきます』

「それはやめよう」

『どうしてですか？』

「今回の依頼は何が起こるかわからない。無理して強行軍して、戦う前に体力を消耗しちゃったら元も子もない。そもそもエマは運搬系に向いてないだろ？」

『そうですけど……それならルイーズを一緒に連れてくれば』

「ルイーズにも無理はさせたくない。彼女とは眠いときは寝かせるって約束だからな。無理に連れてきて途中で寝落ちしたら大変だ」

『そういうときは命令しちゃえばいいんじゃないですか。緊急事態ですし』

「命令……？」

『服従の輪、という竜具を使えば』

「ああ、あれか」

俺は微苦笑した。

服従の輪。

それは名前通りの竜具だった。

形はドラゴンにつける首輪が大半だが、一部のドラゴンのサイズに合わせて、首輪以外の形もある。

効果の方は共通している。それをつけたドラゴンに無理矢理命令することができるものだ。

「あれは好きじゃないんだ、無理矢理ドラゴンに命令するってのがもう好きじゃない」

『でも、緊急事態ですし』

「エマ」

俺は真顔でエマを見た。

『は、はい』

エマはちょっとだけたじろいだ。

「例外って、一度作ってしまうと、じゃあああれも、そしてこれも――って感じで例外だらけになっていくものなんだ」

『例外……』

「俺はドラゴンに無理矢理命令したくない、緊急事態であっても。そこに例外は作っちゃだめだ……と、思う」

『はい……すみません』

シュン、とうなだれるエマ。

俺はそんなエマをポンポンと撫(な)でた。

「エマはまったく悪くない。俺が頑固なだけだ」

『そんなことないです、むしろ素敵です』

「素敵？」

『はい、普通の頑固な人間と違って、頑固なところ以外もすごく頑張ってるからです。ただ頑固な人なら、こんな風に必死に急がないです』

「あはは」

褒められてちょっと照れたから、笑いだけ返した。

『こういう人間はかなり少ないって知ってます。えっと……たしかこういう人達を指す言葉があったはずです……』

エマはうーんうーん。

『……職人？』

反対側から、今まで黙っていたユーイがぼそっとした口調で言ってきた。

『そう、それです！　職人気質って感じです。頑固ですけど、頑固なだけじゃなくてこだわりもあります。自分にも厳しいです』

「ああ、なるほど」

『ただ頑固なだけで、自分には甘い人もいますから』

「そういうものかもしれないな」

俺は早歩きを続けたまま、小さく頷いた。

エマの言いたいことは何となくわかった。

確かにそういう人種はいる。そして俺が今してることはそれに近いかもしれない。

「……ありがとうな、エマ」

『え？　なにがですか？』

「……」

俺はにこりと微笑み返して、なにも言わなかった。

エマのおかげで、頑張れるようになった。

実はちょっと前から息が上がってきてて、ちょっと休もうか——って考えが頭をよぎりつつあった。

でもエマは俺のことを「職人っぽくて素敵」と言ってくれた。

そこまで言われると、やめるわけにはいかなかった。

俺も男で、見栄というものがある。

褒められた直後からやめるというのはできなかった。

それは今、いい方に作用したと思う。

俺は自分の見栄に「乗っかって」早歩きを維持して、目的地に向かって急ぎ続けた。

☆

『……止まって』

「え？」

『シリルさん‼』

「――っ！」

最初にユーイが気付いた。

でもぼそっと言ったから、俺は事態に気付いていなかった。

次にエマが叫んだ。

そこでハッとした俺は、急停止して、真後ろに飛んだ。

俺が飛んだ直後、それまでに自分が立っていた場所が爆発した。

何かが飛んできて、そこを「えぐった」のだ。

俺は更に距離を取った。「襲撃」されたと理解したからだ。

距離を取って、相手の正体がわかると――驚いた。

「ルイ……？　何のつもりだ」

そこにいたのはルイだった。

かつておなじギルドにいた男は、三人のドラゴンを引き連れている。

ドラゴン達は全員、エマと同じスメイ種だった。

戦闘に向いているスメイ種、それが三人いて、フォーメーションを組んでルイを守っている。

そのルイは、怒り心頭に発した顔で俺を睨んでいた。

「何のつもりだと？　しらばっくれるな！」

「何のことだ」

「てめえに行かれると困るんだよ」

「……正気か？」

一瞬戸惑った後、行動の意味を理解した俺は、しかしルイの正気を疑った。

「当たり前だ！　てめえに行かれるとうちのメンツが丸つぶれになるんだよ」

「メンツの話をしてる場合か！　……わかった、それでもいい。でも、だったらリントヴルムは何をしてる」

「なに？」

「リントヴルムは事態収束のために動いてるのか？　そもそもお前らが失敗したからこっちに話が回ってきたんだろ」

「そんなのてめえが気にする必要はねえ！」

俺に怒鳴って、恫喝してくるルイ。

これは間違いなくノープランだと悟った。

もしも何かあれば、ルイの性格だったら嬉々としてそれをネタに俺を見下したりするところだ。

それさえもしないってことは、まったくないっていう証拠。

だったら――引き下がるわけにはいかなかった。

『何も変わってない……ひどいギルドです』

エマがつぶやくように言った。

「安心しろエマ、俺がなんとしても牧場に取り残されたドラゴンを助ける。なんとしてもだ」

『はい！　シリルさんを信じます！』

エマが語気からもにじみ出るくらいの信頼を向けてくれた。

それが嬉しかった。

そして、見栄とその先にある決意にもつながった。
俺は頭の中で計画を練った。
向こうのスメイ種三人に怪我をさせないようにしつつ、ルイだけを倒す方法を。
「いつまでもふざけやがって。お前ら！　やっちまえ‼」
ルイは手を振った。
ドラゴンに出す、「攻撃開始」の合図を送った。
それでスメイ種三人が俺に飛びかかって——来なかった。
「どうした！　攻撃しろお前ら‼」
動かないスメイ種に苛立って、蹴り飛ばしつつ更に合図を送る。
しかし小型種とはいえれっきとしたドラゴン、更に戦闘向けの種。
ルイが蹴っ飛ばしたくらいでは蚊に刺されるほどのダメージもない。
ルイを無視しつつ、三人は俺とエマを見つめていた。
『エマ、その人信用できるのか』
『うん、信用できるよミシェル。シリルさんのことを知らないの？』
『リントヴルムにいるのは知ってたけど、会ったことない』
『そうなんだ……うん、私が一番信用できる人間』

同じ種同士だからか、エマは普段に比べて大分砕けた口調で話した。

すると、向こうの三人が納得してくれた。

『わかった、行っていいぞ』

『いいの？』

『こいつの言いなりになるのはごめんだし』

『というかうちらも行きたいくらい』

『行っちゃうと面倒臭いから、ここでこいつの足を引っ張ってる』

スメイ種の三人が口々にそう言った。

ルイのことをはっきりと見下したりする子もいて、普段からの人望のなさが浮き彫りになった格好だ。

だが、これは助かる。

ここでルイにかかずらって力を浪費したくない。

特に俺の力は、大食いによるエネルギー貯蔵だから、いざってときまでは使わないに越したことはない。

必要なときももちろんある、が。

ルイごときにそれを使っちゃうのはもったいない以外の何物でもない。

「エマ、ユーイ。行こう」

『はい！』

『……ん』

エマが大きく頷き、ユーイは相変わらずのローテンションでついてきた。

「てめえ！　おいっ、何をしてるお前ら！　あいつを殺れ！」

『……』

スメイ種の三人は動かなかった。

それどころかこれ見よがしに大あくびまでしている子がいた。

会話で向こうの気持ちを知っている俺は、絶対に襲ってこないだろうという確信を持ちつつ、早歩きを始めた。

——が。

「てめえら……道具が舐めやがって！」

ルイが逆上した。

俺はそれを甘く見て「しまった」。

この場合、人間がどう逆上したところで、戦闘向きのスメイ種には何もできないと高をくくってしまったのだ。

それはある意味正しくて、ある意味間違っていた。

「――」

ルイは手を突き出して、何かを唱えた。

呪文っぽいのを唱えた後、スメイ種の三人がいきなり苦しみ出した。

『うぅ、うわあああぁ!』

『や、やめろおお!』

『ギ……ギギッ……ギ、ギ、ギ……』

三者三様の苦しみ方だが、共通点があった。

それは、スメイ種達の首に何かが光っているということ。

『服従の輪!』

「ルイ、お前‼」

「ふん――やれ!」

ルイの号令に応じる形で、スメイ種達が飛びかかってきた。

目が血走っていて、正気を失っている。

服従の輪で無理矢理命令に従わせられたのだ。

飛びかかってきたスメイ種達の攻撃を躱す。

躱した先に追撃が飛んできた。

これは躱しきれない――そう思った俺は地面に向かって炎弾を放った。

炎弾が地面で爆発を起こして、砂煙を巻き起こした。

砂煙に乗じて俺は大きく避(よ)けて、距離を取った。

「逃がすかっ！」

ルイの怒号の直後、スメイ種が更に飛んできた。

近接で襲ってきたスメイ種を文字通り「煙(けむ)に巻(ま)いて」も、ルイからは丸見えだった。

だから「操作」して一直線に俺の所に向かわせられた。

「てめえはここでくたばってろ！」

「ちっ！」

『シリルさん反撃してください！　私達はそんなにヤワじゃないです！』

エマが叫んだ。

それは、ある意味そうだ。

スメイ種は小型だが、戦闘向きなだけあって、同じサイズのドラゴンに比べてタフだ。

『気絶するくらい思いっきりやってください！　じゃないと動くだけで苦しいです！』

それまたエマの言う通りだ。

操作されてるスメイ種、意志に反する動きをしてるだけで苦しそうだ。

だからさっさと気絶するくらいの攻撃を与えて止めてしまうのが一番苦しまない方法である。

戦闘に向いていて、かつ同じスメイ種であるエマは一瞬で最善の方法を言ってきた。

それは正しい。

が。

「ユーイ！　全力で俺を隠せ。自分もだ！」

『……ん』

ユーイが相変わらず感情に乏しい感じで応じると、俺の姿がすぅ――と消えた。

ユーイの姿も消えた。

自分の姿に背景を映して、事実上見えなくするユーイの技。

動いてみる。

ユーイが全力でやってるから、動いても俺に映ってる景色も変わって、見えないままだった。

「なに!?　どこに消えた！」

ルイは驚愕して、周りを見回した。

スメイ種の動きが止まった。

ルイの命令がなくなったから、攻撃が止まったのだ。

止まったが、三人ともこっちを見ている。

俺のことが見えてるのかってくらいこっちを見てる。

おそらく見えてるんだろう。

戦闘に長けたスメイ種が、何らかの形で俺の居場所をつかんでいる。

が、ルイはつかんでいない。

もしもスメイ種達が自分の意思で攻撃できてるのなら危なかっただろうが——ルイが無理矢理操っている状況だとどうもしなかった。

俺は近づいていき、三人に迫って、炎弾で同時に服従の輪を撃った。

三人の服従の輪が同時に炎上して——弾けた。

「なにっ⁉」

ルイは驚愕した。俺は姿を隠したままルイに肉薄する。

そして——ボディにきっつい当て身を喰らわせる。

「ぐはっ……」

ルイは一瞬だけ目を見開き、ヘドをまき散らしてから、白目を剝いて倒れ込んだ。

「もういいぞ、ユーイ」

『……ん』

俺とユーイは再び姿を現わした。

エマが仲間達のところに駆けていった。

『みんな大丈夫⁉』

『ああ……とりあえずな』

『あのバカが思いっきり服従の輪を使いやがったせいで、しばらくまともに動けそうにないけどね』

『よかった……』

スメイ種達は弱っているが、大したことはなさそうで、エマは見るからにほっとしている。

『あいつ！』

「やめとけエマ」

倒れてるルイに飛びかかろうとしたエマを止めた。

『どうしてですかシリルさん』

「こんなのに力を使うのは馬鹿らしい。ドラゴンを助けるまで力は温存するんだ」

『あっ……シリルさんも……力使ってない』

「そういうことだ」

俺の言うことを理解してくれたエマ。

そう、俺もルイには力を使わないで、ただ無防備なところに当て身を叩き込んだだけだ。

こいつに力を使うのももったいない、力は温存する。

『……うらやましいぞエマ』

『ほんとうほんとう』

『いいご主人様のところに行けたんだね。心配してたんだから』

三人の仲間達の言葉に、エマは。

『うん！　最高のご主人様だよ！』

と、満面の笑みで答えたのだった。

41. キメラの呪縛

西の空が茜色(あかねいろ)に染まる中、俺達は「目的地」を遠目で見ていた。
大きな事故が発生したというドラゴン牧場——のはずなんだが。
『シリルさん、ここで合ってるんですか？』
「ああ、地図だとここだ」
『ここは……まるで監獄みたいです……』
俺の横で「牧場」に目を向けていたエマが困惑顔で言った。
俺もまったくの同感だ。
目の前に見えている目的地の「牧場」は、牧場に見えないものだった。
高い塀があって、上空はバリバリと放電していて。
まるで重罪人を閉じ込めておくための監獄に見えてしまう。
「エマが生まれ育った牧場はこうじゃないんだな？」
『はい。もっと草原が広がってる所でした』

「ユーイは？」

『私は、店』

「ああ」

俺は頷いた。

たまにそういうパターンもある。

竜市場で生まれたドラゴンが存在する。

これが微妙に嫌な話だ。

ドラゴンは、たまに売れないまま、大きくなってしまう。

売れないまま店にいる期間が長くなりすぎると、それだけ価値が下がる。

悲しいけど、大半の竜騎士はリントヴルムほどじゃないが、ドラゴンを「使う」ものと見ている。

年を取り過ぎると稼働できる期間が短くなってしまうから、買い手がつきにくいのだ。

そういう場合、「訳あり品」として捨て値で売られるか。

あるいは「血統」がいい場合、仔をとってその子を売るということもある。

ユーイがそのパターンなのかもな。

まあそれはともかくだ。

「あれはおかしい、普通の牧場じゃない」

『なにか聞いてませんかシリルさん』

「ローズからは何も。使いの者にもそれとなく聞いてみたけど、『事情を知る必要はない』って雰囲気だった」

『そうなんですか……』

何か裏が、それもよほど探られたくない裏があるんだろうな。

まあ、それは今はどうでもいい。

この場で何をしても知りようがない裏の事情を考えていてもしょうがない。

依頼を解決する、それだけだ。

「行こう」

『は、はい』

『ん……』

「二人とも俺から離れすぎるなよ。離れすぎるといざってときに困る」

『わかりました！』

「ユーイは、俺の合図でいつでも擬態できるようにしててくれ。気を張らせるが頼む」

『……わかった』

二人にそう言って、俺達は再び歩き出した。

牧場とは名ばかりの、監獄のような施設に向かっていく。

監獄の正門はひしゃげて、崩れ落ちていた。

内側から外側に向かって破壊されているそれは、たぶん今回の件の「事故」の一部なんだろう。

門の前にやってきて、崩れている所の隙間から奥を覗き込んだ。

『ど、どうですか?』

「大丈夫そうだ、行こう」

『はい!』

俺達は中に入った。

堅牢そうな壁の向こうにあるのは、やはり監獄のような、物々しくて無骨な建物の数々だった。

ドラゴンさえも閉じ込められそうな建物は、半数以上が倒壊している。

『これは……』

「どうしたエマ」

『暴れてるドラゴンがたくさんいます』

『あっちの壁にあるツメ跡、その向こうの建物の炎の焼かれ方、こっちの建物の天井が噛み砕かれたような跡は、どれも別々のドラゴンの攻撃によるものだと思います』

「どういうことだ？」

「ふむ」

俺はエマの説明を聞きながら視線で追いかけた。

なるほど、攻撃の痕跡か。

確かに、ドラゴンはそれぞれが違う形で攻撃する。

例えばエマとルイーズが同じものを攻撃しても、その「跡」は違ってくる。

それを戦闘に長けているエマが俺よりも早く見抜いたのだ。

『見えているだけで、少なくとも六種類のドラゴンがいます』

「そうか、ありがとう。用心して行くぞ」

『はい！』

大きく頷くエマとユーイを連れて、牧場の中を歩いた。

手が自然と懐に触れる。

そこにあるものが、少しだけ安心感を与えてくれた。

少なくとも六種類、ということは少なくとも六人。

それだけのドラゴンを何とかするのは命がけになりそうだ。
そう、思っていると。
『な、なんですかあれは！』
「なに⁉」
驚愕するエマ。
そんなエマの視線を追いかけて前方を見た。
俺も、驚愕した。
崩れた建物の陰から現われたのは、およそドラゴンとは呼べない生き物だった。
自然物に似つかわしくない造形。
何種類のものを「つぎはぎ」したような見た目だった。
前足と後ろ足がまるで違っていて、体の左右に違うタイプの羽を生やしている。
何よりも、まったく違うタイプの首が二つある。
『……キメラ』
ユーイがぼそりとつぶやいた。
「キメラ？」
『そう。ドラゴンを改造したもの。何種類ものドラゴンをつぎはぎした合成魔獣』

「――っ‼」

瞬間、俺は全てを察した。

これが、多くを知らない方がいいことの理由だ。

その、「入り口」だ。

『ぐおおおお‼』

「――っ‼」

キメラがこっちを見つけた。

天を仰いで咆哮(ほうこう)した直後、口から炎を吐いてきた。

それに反応して、避(よ)けようとした――瞬間。

避ける前に、もう一つの首が白いなにか――吹雪を吐いてきた。

左右の口から炎と吹雪をそれぞれ吐いてきた。

普通のドラゴンじゃ到底できないことだ。

「避けろ！」

俺は右に飛んだ。

戦闘反応の早いエマはすぐさまついてきて、ユーイは遅れてついてきた。

遅れたユーイの胴体を炎がかすめた。

『……ッ』

ユーイは明らかに苦しそうに呻いた。

大丈夫か——と聞く暇さえもなく、キメラは更に攻撃をしかけてきた。

炎がユーイをかすめたからか、それに味を占めてかキメラは連続で炎を吐いてきた。

『シリルさん！』

「くそっ‼」

俺は両手を突き出した。

九指炎弾——炎弾を連射して撃ち合った。

両方の炎がぶつかり合って、爆発を起こした。

爆炎の中で、俺はユーイに。

「姿を消してくれ」

『ん』

いつになく短いはっきりとした返事。

その直後、俺達三人は姿が見えなくなった。

「声を出すな、ゆっくり移動するぞ」

エマとユーイに触れて、二人を連れて移動する。

炎が渦巻く中その場から離れた。

物陰に隠れてから、ユーイに指示を出す。

「もういいぞ」

『わかった』

俺達の姿が戻った。

物陰から、キメラを観察する。

俺達を見失ったキメラは周りをさまよって捜していた。

『どうしてあんな……』

「どうしてなのかは知らないけど、あれが答えかもしれないな」

『答え？』

「ついてこい。ユーイはいつでもできるように準備してて」

俺はそう言い、二人を連れて歩き出した。

キメラから離れて、牧場の中をこっそり探索した。

キメラの物音を聞きながら、それから距離をとって探して回る。

『ドラゴンが……いない？』

「あいつだけってわけだ。六種類のドラゴンがいるんじゃない、六種類のドラゴンを組み合わせた一人がいるだけだ」

『あっ……』

俺の説明にエマがハッとした。

『じゃ、じゃあ、痕跡は全部あのキメラの？』

「そういうことだろうな」

『どうする、の？』

ユーイが聞いてきた。

「話せるといいんだが」

『できるんですか？』

「やってみる。ユーイとエマは離れててくれ。俺が近づいて話してみる」

『そんな！　危ないです！』

「話すだけだ。それよりも俺が合図したらまったく関係ないところを攻撃して気をそらしてくれ。その間に逃げる」

『わ、わかりました』

「逃げてる最中は擬態も頼む」

『ん……』

二人と簡単な打ち合わせをした後、離れてキメラの方に向かった。

近づいていくと、向こうがこっちを見つけた。

『ぐおおおおぉぉぉぉ‼』

絶叫、いや咆哮か。

それとともに、左の首が伸びて噛(か)みついてきた！

「くっ！　よく見たら二つの頭は別もんか！」

とっさに避けつつ、悪態をつく。

細かいつぎはぎをしていることに気付いて、ますます嫌悪(けんお)感が湧き上がった。

「話を聞いてくれ！　俺の声が聞こえるか！」

避けつつ、話しかける。

『ぐおおおおぉぉぉぉぉ‼』

「何か返事をくれ！」

『ぐおおおおおぉぉぉぉぉぉぉぉぉ‼』

「くっ、ダメか！」

俺は避けつつ、反応のないことに眉をひそめた。

聞こえてくるのは咆哮のみ。

ふつう、ドラゴンであれば、絶叫とか咆哮とかしても、俺の耳にはそれなりに意味のある言葉に聞こえる。

しかし、今はそれがない。

俺はドラゴンの言葉がわかるだけで、他の動物の言葉はわからない。

例えばライオンがいくら叫んでも俺には叫び声にしか聞こえない。

今のがそうだ。

つまり、目の前にいるのはドラゴンではなく別の何かの生命体、ってことになる。

「命をなんだと思ってやがる！」

俺がそう、このことを引き起こした顔も知らない連中に悪態をついていると。

（……シテ）

「むっ⁉」

（コロ、シテ）

声が聞こえた。

はっきりと言葉がわかる声だ。

しかし声そのものははっきりとしていない。

空耳とか幻聴とかに近いような声だ。

だが、俺は確信する。

「これはお前の声か！」

それは、目の前のキメラの声なんだと。

（ワタシヲ、コロシテ）

「何故!?」

（クルシイ……ツライ……シニタイ……）

「ちっ！」

まともな会話にならなかった。

意識がかなり混濁してる。

もう正気さえもなくて、ぎりぎりで人格が保たれている、ってことなのか。

（コロ、シテ……）

「……」

俺は立ち止まった。

息を大きく吸い込んだ。

やるしか、ない。

賭けになるけど、やるしかない。

「……すまん」

俺はかけ出した。キメラに向かって突進していった。

キメラは咆哮しつつ、右の首を螺旋を描きながら伸ばしてきた。

そして、俺に噛みつく。

俺は両手を突き出した。

九本の指を全部前に突き出した。

「全開だ」

とつぶやいた。

次の瞬間、炎弾を連射した。

九指炎弾の連射。

九、十八、二十七、三十六――。

九の倍数でとにかく連射した。

出し惜しみすることなく、出発する前にため込んできたエネルギーを、全部キメラに向かって吐き出した。

大きく開け放った口が急所になった。

炎弾が次々と口の中にぶち込まれていく。

口が、首が、腹が。

徐々に膨れ上がった。

そして──爆発。

キメラの体が爆ぜた。

爆煙の中、白い塊が見えた。

核。

という言葉が頭に浮かんだ。

それは正しかった。

その証拠に、俺が核だと思ったものが──

（ありがとう、やっと、逝ける）

そんなことを言ってきた。

核を取り巻くつぎはぎの肉体が消滅したことで、なんらかの呪縛から解き放たれたんだろう。

だから、俺は。

突進した。

核に向かって突進した。

そして、懐にあったものを取り出し、核に突きつけた。
それは……クリスから餞別に渡されていたフェニックスホーン。
これが——俺の賭けだった。

☆

拠点パーソロン、竜舎の中。
クリスとコレットが顔を突き合わせていた。
コレットは立ったり座ったりして、そわそわと落ち着きがない。
『くはははは、そう心配するな』
『あ、あたしは別に！』
『心友なら死なぬよ、我の骨を持たせたからな』
『え？　骨って、あの？』
『あの』
クリスははっきりと頷いた。
フェニックスホーン。
死んだときに身代わりになって、一命を取り留めてくれる神具。

それをクリスはシリルに持たせた。

『も、持たせたんだ』

『当然。我がいる限りつまらぬ死に方はさせぬよ』

『そ、そうなんだ……』

コレットは見るからにほっとした様子になった。

クリスの力、神の子フェニックス種の加護で命は守られると知って、コレットは安堵した。

そんなコレットの反応も面白いとクリスは思っていたが、それ以上に。

『さて、心友はそれをどう使う？』

シリルの、フェニックスホーンの使い方が気になった。

『貴重な道具の使いかたで器が見えてくる。我に見せてくれ心友』

クリスは楽しげに、そして器用に口角を持ち上げた。

☆

『……あれ？』

光が収まった後、目の前に一人の小型種がいた。

小型のドラゴンは、自分が生きていることに気付いて、驚いた。

『どうして生きて……』

「成功したみたいだな」

俺はほっとした。

賭けに勝ってほっとした。

本人も言ってたが、あの手の呪縛は、死なないと解放されない。

だから——殺した。

一旦殺して、呪縛が解かれたところで、クリスが念のために持たせてくれたフェニックスホーンを使った。

そうして、キメラの呪縛が解き放たれて。

一人の、小型種に戻ったのだった。

42. 竜人シリル

『い、生きてるんですか?』

いったんは逃げたが、戦いが終わったのを察したのか、擬態をといて、エマが走ってきて、ユーイがゆっくり歩いてきた。

追いついてきたエマが、倒れてる小型種を見て、聞いてきた。

俺はしゃがんで、そっと触れた。

心音を感じる、呼吸もある。

意識はなくて息もか細いが、危機的な状況とかじゃなくて、弱ってるなりに安定している、って感じの状況だ。

「ああ、生きてるみたいだ」

『そうなんですね……でも、すごいですシリルさん。今のどうやったんですか?』

「ちょっとした切り札だ。拠点に帰ったら教えてやる」

『はい!』

エマは納得した。

俺は倒れている小型種を見た。

最初は思わなかったが、落ち着いて観察できる気分になって気付いた。

倒れてる子は、まったく知らない見た目をしていた。

「これは……なんて種なんだ？」

まじまじと観察する。頭の中の知識をひっくり返す。

やっぱり、見たことのない種だった。

「エマ、ユーイ。二人は何か知ってるか？」

『ごめんなさい、私も知らないです』

『初めて見る』

二人ともほぼ即答だった。

二人にも見たことのない種だ。

俺は「キメラ」のときの状態を思い出した。

「……キメラのときは、全部見覚えのあるパーツだったよな」

『えっと……はい、ありました』

エマは少し考えて、はっきりと頷いた。

「つまり、全部何かしらの種から構成されていたわけだ。でもこれは違う」

『そうですね、普通にある生き物っぽい見た目なのに、まったく見たことのない種です』

「……」

『どうしますかシリルさん？』

「このことは内緒にしよう。ユーイ、この子に擬態をかけられそうか？　誰かいるときだけでいい」

『……普通に見覚えのある種、って感じでいい？』

「すばらしい、さすがだユーイ」

俺はユーイを撫(な)でた。

ガルグイユ種の擬態。

それには「見えてるけどそれが普通のものに感じる」という効果がある。

ユーイは今の俺とエマのやり取りで、この子が「特殊」だと理解して、最適な方法を提示してくれた。

寡黙だが賢い子。

俺は少しだけ、ユーイの評価を修正した。

『他のドラゴンはどうする？』

『弱ってるけど、いる。キメラっていう大きいのがいなくなって、わかるようになった』

「他の？」

「⁉　探すぞ」

俺はびっくりして、まずはそっち、と。

ユーイの協力を得て、牧場の中にいる他のドラゴンを探し始めた。

☆

ボワルセルの街、庁舎の中。

戻ってきた俺は、単身でローズと向き合っていた。

「というわけで、三十一人救出してきた。既に手遅れだったのはその場で火葬してきた」

「ありがと、お疲れさま」

ローズは俺の報告を聞いて、頷き、労をねぎらってくれた。

「救出してきたのは街の竜医者の所に預けてきた。後は――」

「うん、こっちで引き取るよ。よく助け出してくれたね」

「半分くらいしか助けられなかったけどな」

「それでもだよ。さすがだね、リントヴルムは一隊を差し向けて失敗したのに、シリルは単身で解決しちゃった」

「……」

「しばらくはあいつらがうるさくなりそうだけど——」

「気にしないさ」

俺は手の平を上向きにして、肩をすくめておどけた。

「リントヴルムとはもうケンカしてるようなもんだから」

「そうだね。まあ、理不尽すぎる言いがかりをつけられたときは言ってね。何とかするから」

「ありがとう」

俺はローズにお礼を言った。

「ところで」

「うん？」

「その……なにか気になることはなかった？」

ローズは、珍しく目を少しだけ泳がせながら聞いてきた。

俺は得心した。

ローズは何か知ってる。

そして、それについて俺に探りを入れている。

その何かが「結構まずい」ことなのもわかった。

そして、それは。

完全に想定内のことだった。

あそこはただの牧場ではない。

キメラというのを作ってた実験施設かもしれなかった。

それは、色々と秘密で、明るみに出ちゃまずいことだ。

こういう風に聞いてくるのは完全に予想内だった。

だから、俺は顔色一つ変えずに、用意していた答えを返した。

「討伐した。やっかいだったから、手加減できなくて跡形もなく燃やし尽くした」

「そっか……」

「自分が言うのもなんだが、蘇生(そせい)魔法とか使われない限り大丈夫だ、ってくらい徹底的に殺した」

ギリギリの言葉も放った。

俺がやったことを考えれば「ギリギリ」だが、これ以上詮索をされないためにも、信用されるためにもこれくらいは踏み込まないと、と思った。

「……ごめんね、ドラゴン相手に」

「報酬ははずんでくれ」

「うん、もちろん」

「だったらいい」

俺はそう言って、立ち上がった。

想定内のやり取りに、最後まで本心を顔に出さないまま、庁舎を後にした。

☆

「というわけで、新しく連れてきた」

拠点パーソロン、竜舎の中。

俺とクリス、そして連れ帰った新種の小型種の子で、顔を突き合わせていた。

クリスはいつものように鷹揚（おうよう）としていて、小型種の子は神妙な面持ちでじっと座っていた。

事情を軽く説明すると、クリスはにやりと笑って。

『くはははは、さすが心友。良（い）い判断だ』

「そう思うか？」

『うむ。素直に差し出せば証拠隠滅されてただろうな』

「やっぱりそうか」

『しかし人間は何百年経っても成長しないものだな。合成竜の研究を未だにつづけているとはな』

「合成竜……ああ、キメラのことか」

『うむ。我が知っている限り、心友が見てきたつぎはぎでのアプローチと、異なる種の交配によるアプローチの二種類がある。どっちも上手くいっているとはいえんがな』

「そんなことをしてたのか」

『が。ふはははは、その子は面白い』

「面白い？」

『まず、我も知らない種だ』

「ふむ」

俺は小さく頷いた。

クリスでも知らないとなると、完全に新しい種であることは間違いないようだ。

『そして心友が見てきた、つぎはぎタイプでもない』

「そりゃ違うな、うん」

今度ははっきりと頷いた。

どういう種なのかは知らないが、あのつぎはぎだらけのキメラとはまったく違うタイプなのは一目でわかる。

見たことのない種だが、一つの種として非常に自然な見た目をしている。

合成改造タイプじゃない、のは十人中十人が認めるであろうところだ。

『人間が目指していた、異種交配で生まれたようなタイプに近い』

「なるほど。なんでこうなったんだろう」

『我の推測でよいのなら』

「頼む」

『心友は合成竜を殺して、我の骨を使った』

「ああ」

フェニックスホーン。

あれで、確かに死んだキメラをよみがえらせた。

『その瞬間、六――いや七種か？　七種の魂が一つに混ざり合って生まれ変わった』

「そんなことがあるのか？」

『あくまで我の推測だ』

「ああ……」

そういえばそういう話だったか。

『くはははは、まあ、我の骨だ。それくらいの奇跡を起こしてもなんらおかしくはない』

クリスは上機嫌に大笑いした。

自慢げに話しているが、そりゃそうだと俺は納得した。

神の子の神具、フェニックスホーン。

そりゃ……奇跡の一つか二つは起きても不思議はない。

「さて、どうするか」

俺は新種の子を見た。

その子はビクッと怯(おび)えた。

「ああ、大丈夫だ。俺が守ってやるから、安心しろ」

『まもってくれるの……？』

「ああ」

『ひどいこと、しない？』

「ひどいこと？　どういうことだ？」

『わからないけど……つらくて、いたいこと』

「……しないさ、安心しろ」

『ほんとう？』

「本当だ」

『ほんとうにほんとう？』

「本当に本当だ」

俺は近づいて、ポンポンと撫でてやった。

小型種で、生まれたての赤ん坊のような雰囲気を出しているけど、それでも人間の大人サイズはあるその子を撫でてやった。

すると、明らかにほっとされた。

『契約しておくといい』

「契約？」

『くはははは、そうした方が守るのにも気持ちが入るであろう？』

「確かに」

俺は頷いた。

契約で実務上何かが変わる、というのはあまりないが、俺の「守らなきゃ」という意識はあがる。

気持ちってのはかなり大事だから、やっておこうと思った。

『おいチビ、心友と契約をしろ』

『けいやく？』

『そうだ。我のこの魔法陣に血を一滴垂らすといい』

『うん、わかった』

素直に頷いた。

同族だから、それともクリスという存在だからか。

言われたことにまったく疑問を持たずに、クリスが言ってる間に出した契約の魔法陣に血を垂らした。

俺も指を裂いて、いつものように血を魔法陣に垂らす。

血が混ざり合って、光になって俺の中に吸い込まれる。

魔法陣が光とともに消えた後、俺は自分の手をじっと見つめた。

「……これは」

『どうだ、新しい契約の力は』

「……変身」

俺はぼそりとつぶやいた。
瞬間、更なる光が俺の体から発した。
そして――。
『ほう？』
面白そうだというような声を出すクリス。
俺の姿が変わっていた。
頭があって胴体があって、四肢もある。
そこまでは普通の人間と変わらない。
しかし、頭に角が生えて、背中に羽が生えている。
手のツメも鋭く尖(とが)っている。
よく見ると、体の一部が鱗(うろこ)に覆われている。
人間でありながら、一部ドラゴンになった感じの見た目だ。
『くはははは、面白い。さしずめ竜人、という見た目だな』
「竜人……」
俺は契約したばかりで、ぽかーんとなっている幼いドラゴンを見た。
その子の、少し前の姿を思い出した。

キメラ。

人間であり、一部がドラゴンになる俺は、そのキメラに近いのかもしれない。

『面白い、さすがだ心友。くはははは、なるほど竜と人の合いの子か。これは面白い』

クリスが大笑いする中、俺は「全」人間と、「半」人間の竜人の姿を、自由自在に切り替えられることを確認していた。

43. 最強形態

「次は、どんな力が――むっ」

竜人変身でどんな力があるのかを確認しようと思ったら、自分の意思に関係なく、人間の姿に戻ってしまった。

『どうした心友よ』

「……エネルギー切れだ」

俺は自分の手の平を見つめて、体の感覚を把握して、それをクリスに話した。

クリスは一瞬きょとんとした後。

『くはははははは、なるほど。では食事タイムといこうか』

「そうだな」

俺は頷いた。

できればすぐに竜人の形態を把握したい。

そのためには大量に飯を食ってエネルギーを補充しないといけない。

さてボワルセルの街まで行って買い出し——と思っていると。

『少し待っているといい』

クリスは竜舎から飛び出した。

追いかけて外に出ると、中型種の巨体が空を飛んで去っていく後ろ姿が見えた。

どこへ行くんだろうか——そう思って数分。

クリスが空を飛んで戻ってきた。

出ていったときと違って、前足（手）で何かをわしづかみにしている。

『戻ったぞ心友よ』

「それは……野牛？」

『うむ、この一頭で当面は足りよう』

「そうか……ありがとうクリス」

『くははははは、我と心友の仲ではないか』

クリスは大笑いした。

狩ってきた野牛をつかんだまま、地面で炎を起こし、その炎に入れた。

「丸焼きってそういう風にするもんだっけ」

『くはは、我は炎には焼かれないからな』

「そりゃそうだけど」

『心友が自分でやるか？　心友も我との契約で炎は無効であろう？』

「いや……俺がやると絵面が」

俺は微苦笑した。

中型種のドラゴンであるクリスがやってるから、まだ「食材を持って焼いている」という絵面になるが、人間の俺がやるととんでもないことになる。

何しろクリスが狩ってきた野牛は大人の俺よりも一回り大きい。

クリスが言うようなことをやろうとしたら——。

「その牛に抱きついたまま炎の中につっこむ形になる。その絵面がな……」

『ふむ。まるで心中だな』

「うぐっ……それを言わないでおいたのに」

俺は眉をひそめて更に苦笑いした。

牛に抱きついたまま焼身自殺する絵は見られたもんじゃない。

『くははは、すまんすまん。おっと、そろそろ焼けたぞ』

「そうか」

『焼きながら食すといい』

「……ふむ」

俺は小さく頷いた。

こっちの「絵面」は大丈夫だった。

俺は炎の中に入った。

クリスとの契約で、俺も炎の中にいてもダメージは受けない。

俺は炎の中で、表面が焼けた野牛にナイフを突き立てた。

焼かれたまま、肉を切りおとして、口に運んだ。

「塩っ気はないが、結構美味いな」

『人間は食材に鮮度を求めると聞く。最高に新鮮だからな』

「こういう食べ方は——いや、しないこともないけど」

旅の途中、竜騎士は野宿をすることも多いから、野獣を捕って丸焼きで食べることも少なくない。

炎の中で食べる、ということはあり得ないが。

俺は炎の中で野牛を食べた。

コレットとの契約の力で、食べたものをエネルギーにして保存する。

普通は腹に貯まったり脂肪になったりするものを、エネルギーとして体の中に貯めておく。

そうして、俺の体をはるかに超える野牛一頭分を腹に収めた。

さすがに骨とかは食べられなかったが。

「……よし、大分貯まった」

『では再開しようか』

「ああ」

一度クリスと一緒に外に出た俺は頷き、軽く拳を握った。

「……変身」

そしてつぶやく。

姿が、再び竜人の姿に変化する。

「肉体の能力が跳ね上がっているな」

『ふむ、よし、では我を攻撃してみるといい』

「攻撃？」

『くははは、我は不死。いくら攻撃されようが湖面を棒で打つのと同じだ』

「波立てても最後は元通りに戻るってことか」

『うむ』

クリスははっきりと頷いた。

確かにそういうことなら固辞する必要もない。

「わかった、行くぞ」

『くははは、来い』

俺は頷き、クリスに飛びかかった。

飛びかかりながら、拳を握って弓引いて、軽くジャンプしながら無造作な全力パンチを放った。

拳がクリスの横っ面をとらえて——吹っ飛ばした。

「まだっ！」

俺は空中を「蹴った」。

空中を蹴って、まるで飛行するかのように、吹っ飛ばしたクリスを追いかけた。

追撃。

クリスに追いつき、今度は拳のラッシュを放った。

「うおおおお！」

ラッシュがどれだけいけるのか、とにかくパンチを放った。

一秒あたり十……二十……三十。

最終的に、一秒間で五十発のパンチを打てた。最後のパンチを放った後に音が遅れて届いた。

パンチの速さが、音の速さを超越したのだ。

『むむむ……やるなあ心友』

殴られっぱなしのクリスはちょっとだけ顔色を変えた。

竜人の姿の攻撃速度と力がクリスの予想を上回ったみたいだ。

そのクリスにはいつもの余裕がない。

殴ったそばから殴られたところが炎を纏(まと)って再生しているが、それが微妙に追いつかなくなっている。

『もっといけるか心友』

「もちろん——あっ」

瞬間、体が止まった。

一旦距離を取った後、さらに飛びかかろうとしたが、できなかった。

体が、人間に戻った。

俺はまた、自分の手の平を見た。

「エネルギー切れか」

『ほう？　もう切れたのか』

「ああ。あの牛一頭で——一分も戦えないみたいだな」

『くははははは、燃費が悪いことこの上ないか。だが』

「だが？」

『さすがの力だったぞ。我をああも圧倒できるのなら、竜人になっている最中は人間では最強と言っていいだろう』

「ふむ」

俺は自分の手の平を見つめて、頷く。

牛一頭のエネルギーで一分間変身できる、変身中はフェニックス種さえも圧倒できる、最強の竜人の姿。

「いざってときの切り札だな」

使いどころを見極めないといけないが、それを補ってあまりある強力な力を手に入れたのだった。

あとがき

人は小説を書く、小説が書くのは人。


皆様お久しぶり、あるいは初めまして。

台湾人ライトノベル作家の三木なずなでございます。

この度は『S級ギルドを追放されたけど、実は俺だけドラゴンの言葉がわかるので、気付いたときには竜騎士の頂点を極めてました。』の2巻を手にとってくださり、ありがとうございます！


1巻の発売後、皆様に気に入っていただけるのかとおどおどしていましたところ、かなり早い段階で、売り上げ好調なので2巻を出しましょう、という話をレーベルからいただきました。

こうして2巻をお届けできたのは、１００％1巻を買ってくださった皆様のおかげです。

本当にありがとうございます。

期待外れとならないように、１巻とまったく同じコンセプトで描かせていただきましたので、２巻も楽しんでいただけたのなら幸いです。

最後に謝辞です。

イラスト担当の白狼（ばいらん）様、今回も素晴らしいイラストをありがとうございます。

担当O様、今回も色々とありがとうございました！

ファンタジア文庫様、２巻刊行の機会をくださって本当にありがとうございます。

そしてこれを手にとってくださった読者の皆様、その方々に届けてくださった書店の皆様。

本書に携わった多くの方々に厚く御礼申し上げます。

次もまたお手元に届けられることを祈りつつ、筆を置かせていただきます。

二〇二一年十一月某日　なずな　拝

お便りはこちらまで

〒一〇二－八一七七
ファンタジア文庫編集部気付
三木なずな（様）宛
白狼（様）宛

S級ギルドを追放されたけど、
実は俺だけドラゴンの言葉がわかるので、
気付いたときには竜騎士の頂点を極めてました。2

令和３年12月20日　初版発行

著者――三木なずな

発行者――青柳昌行

発　行――株式会社KADOKAWA
〒102-8177
東京都千代田区富士見2-13-3
0570-002-301（ナビダイヤル）

印刷所――株式会社暁印刷

製本所――本間製本株式会社

※定価はカバーに表示してあります。
●お問い合わせ
https://www.kadokawa.co.jp/（「お問い合わせ」へお進みください）
※内容によっては、お答えできない場合があります。
※サポートは日本国内のみとさせていただきます。
※Japanese text only

ISBN978-4-04-074218-2 C0193 ◇◇◇

天上優夜
異世界で
レベルアップした結果、
最強の身体能力を
手に入れた少年
この少年
すべてが
シリーズ好評発売中！

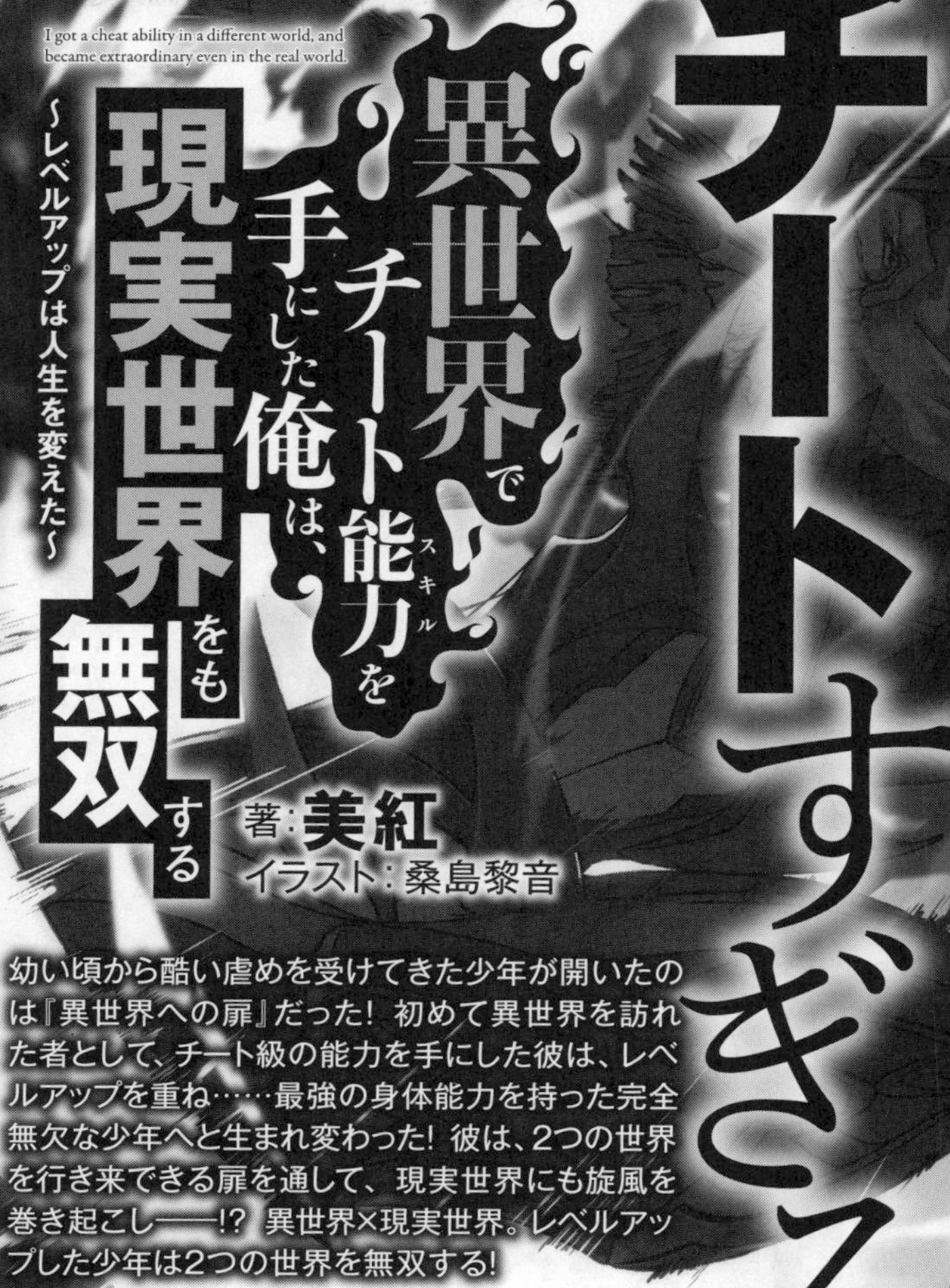

I got a cheat ability in a different world, and became extraordinary even in the real world.
異世界でチート能力を手にした俺は、現実世界をも無双する
スキル
～レベルアップは人生を変えた～
チートすぎる
著：美紅
イラスト：桑島黎音
幼い頃から酷い虐めを受けてきた少年が開いたのは『異世界への扉』だった！ 初めて異世界を訪れた者として、チート級の能力を手にした彼は、レベルアップを重ね……最強の身体能力を持った完全無欠な少年へと生まれ変わった！ 彼は、2つの世界を行き来できる扉を通して、現実世界にも旋風を巻き起こし——!? 異世界×現実世界。レベルアップした少年は2つの世界を無双する！

ファンタジア文庫

最強不敗の神剣使い
The Invincible Undefeated Divine Sword Master
リヒト
名門貴族・エスターク家の"忌み子"。周囲から無能と蔑まれ、家門を追放されるが……その身には、絶対無双の"天賦の才"が宿されている
アリアローゼ
ラトクルス王国の王女。正体を隠して旅していたところ、流浪の旅へと出立したリヒトと出会う。その胸には、とある崇高な志が秘められている
Ryosuke Hata
羽田遼亮
ill.えいひ
シリーズ好

神話に名を刻む史上最強の大魔王、ヴァルヴァトス。王としての人生をやり尽くした彼は、平凡な人生に憧れ、数千年後、村人・アードへと転生するのだが……
魔法の力が劣化した現代では、手加減しても、アードは規格外極まる存在で!?　噂は広まり、嫁にしてほしいと言い寄ってくる女、次代の王へと担ぎ上げようとする王族、果ては命を狙う元配下が学園に押し掛けてくるのだが、そんな連中を一蹴し、大魔王は己の道を邁進する……！

ファンタジア文庫
すべてを蹂躙（じゅうりん）する。
史上最強の大魔王、村人Aに転生する
The Greatest Maou Is Reborned To Get Friends
下等妙人
イラスト／水野早桜
シリーズ好評発売中！